# LES EAUX DU DANUBE

DU MÊME AUTEUR

ROMANS

*SUITE EN DO MINEUR*
Sabine Wespieser éditeur, 2021 ; Points, 2024

*UNE VUE EXCEPTIONNELLE*
Sabine Wespieser éditeur, 2019 ; Points, 2020

*LE BLEU DU LAC*
Sabine Wespieser éditeur, 2018 ; Points, 2019

*SEPTEMBRE*
Gallimard, 2015

*SIMON WEBER*
Sabine Wespieser éditeur, 2012

*DE LAIT ET DE MIEL*
Sabine Wespieser éditeur, 2010

*LES BAINS DE KIRALY*
Sabine Wespieser éditeur, 2008

ESSAI

*DE LA PERTE ET D'AUTRES BONHEURS*
Gallimard, coll. « Connaissance de l'inconscient », 2016

JEAN MATTERN

# LES EAUX DU DANUBE

roman

SABINE WESPIESER ÉDITEUR
13, RUE DE L'ABBÉ-GRÉGOIRE, PARIS VI
2024

*Le vent se lève !… Il faut tenter de vivre !*
*L'air immense ouvre et referme mon livre,*
*La vague en poudre ose jaillir des rocs !*
*Envolez-vous, pages tout éblouies !*
*Rompez, vagues ! Rompez d'eaux réjouies*
*Ce toit tranquille où picoraient des focs !*

PAUL VALÉRY
« Le Cimetière marin »

# 1

J'AI PASSÉ MA VIE À ÉVITER les sensations fortes. Question d'éducation. Pas d'alcool, pas de sauts en parachute, pas de voitures de course. Pas d'aventures non plus. Même le sexe m'ennuie parfois. Tout m'ennuie d'ailleurs, je crois. J'attends que ça passe. Je ne sais pas pour autant ce que « ça » signifie. À la pharmacie, la plupart du temps, je fais semblant d'aimer mon travail. Les journées ne sont jamais les mêmes, c'est vrai. Les clients font preuve d'une étonnante capacité à poser des questions différentes, à vouloir de nouvelles solutions à leurs problèmes qui n'en sont pas, jour après jour – mais, pour moi, tout cela revient au même : j'attends que l'horloge fixée au-dessus de la porte affiche dix-neuf heures. Non que je fasse des choses extravagantes ensuite, une fois que j'ai baissé le rideau et fermé l'officine à double tour. C'est plutôt comme arracher une page de ces éphémérides que nos grands-mères accrochaient dans leur salon. Avec un sentiment de contentement et ce soupir qui voulait dire « Ça y est. Une autre journée passée ». Depuis l'entretien avec le professeur de philosophie de Matias, je n'arrive plus à ressentir ça. L'heure ne tourne plus comme avant. Quelque chose s'est déréglé, et cela me tracasse. Je suis pharmacien, je délivre des médicaments. Un médecin les a prescrits, et il en existe un pour chaque pathologie. Ou presque. J'aimerais connaître celui qui fera disparaître ce dérèglement temporaire : la sensation que le temps s'est dilaté pendant que mon poumon, lui, s'est comprimé. Il y a des milliers de cachets dans ces tiroirs et ces armoires, il doit bien y en avoir un pour le dérangement que je subis depuis cette conversation avec M. Almassy. Je dors mal aussi. Au réveil, je suis en nage, une fois sur deux – à cause de ces rêves sans doute. Souvent le même. On me pourchasse, m'arrête, m'ordonne de montrer mes papiers. Un officier m'accuse d'usurpation d'identité, me dit que ça me coûtera cher. Tout cela n'a ni queue ni tête. En vérité, il m'est difficile de dire ce que je ressens. Depuis quelques jours, je me demande si j'occupe indûment la place qui est la mienne depuis des années. Celle de mari, et de père. Je crois savoir, non, j'en suis sûr, que Madeleine a aimé un autre homme avant moi. Passionnément, peut-être. Et couché avec lui, c'est certain, juste avant notre mariage. Madeleine n'a jamais cherché à cacher grand-chose et, quand elle est revenue de Paris à la veille de notre mariage en grande pompe en la cathédrale Saint-Jean de Lyon, elle était différente. Les joues en feu. Et ce n'était pas à cause de moi. Je ne lui ai pas posé de questions, cela ne m'a pas effleuré. Tout était arrangé. La cérémonie. Notre union. Le déménagement à Sète et notre vie future. Tout s'est déroulé comme prévu pendant des années. Jusqu'à cette sensation d'étouffer qui ne me quitte plus. Même quand je monte au cimetière marin ou plus haut, sur le mont Saint-Clair. J'ai pris l'habitude de m'y promener peu de temps après notre arrivée à Sète, il y a bientôt vingt ans. Madeleine m'a accompagné au cimetière deux ou trois fois au début. Après tout, c'est une attraction touristique. Puis elle a commencé à trouver ça *morbide*. Alors que moi, j'aime la paix qui y règne. Depuis tant d'années, c'est là où je vais pour contempler la mer, et penser à autre chose. Ou à rien. Parfois je marche jusqu'à la chapelle au sommet, avant de descendre de l'autre côté vers la pinède, que les gens d'ici appellent les Pierres Blanches. Ces lieux – dont le calme me saisit à chaque fois que je m'y retrouve seul – sont une bénédiction et m'attachent à cette ville plus que tout le reste, plus que tout ce que nous y avons construit.

Je ne sais plus quand exactement, c'était après l'entretien avec le professeur de philosophie en tout cas, j'ai servi une cliente étrangère. Elle parlait très bien français, je la pensais anglaise. Elle était venue à la pharmacie pour me demander l'adresse d'un médecin. Fait inhabituel, nous avons commencé à discuter. De Sète, de ses vacances. C'était en toute fin de journée et l'expression *avoir besoin de parler* m'est venue à l'esprit, en me disant que cela devait être son cas, qu'elle avait juste besoin de quelqu'un pour l'écouter, plus que d'un médecin. L'horloge au-dessus de la porte m'indiquait que l'heure de la fermeture était dépassée, mais – j'ignore pourquoi – je n'ai rien dit. Je sais très bien couper la parole aux clients trop bavards, cela arrive tous les jours. Il est impossible de gérer une officine comme la mienne sans un peu de rudesse. Mais, ce soir-là, je n'en avais pas envie. Nous étions au début des vacances d'été et, comme souvent à cette période de l'année, Madeleine était déjà partie dans sa famille à Lyon avec Matias. Personne ne m'attendait à la maison, alors pourquoi me presser. J'étais libre de fermer la pharmacie avec un peu de retard, puis de prendre la voiture et de monter au cimetière. J'avais besoin de faire autre chose que de rentrer chez moi, dîner seul dans notre salle à manger, devant la télévision ou avec un livre posé à côté de l'assiette. Il m'est difficile de dire pourquoi j'avais laissé cette touriste m'entreprendre, et pourquoi j'y avais repensé une fois la pharmacie close. Les aventures extraconjugales, cela ne m'a jamais traversé l'esprit, et même si cette femme était plutôt jolie – à peine plus jeune que moi de quelques années –, il n'y avait aucune visée de séduction chez moi. Mais à ce qu'elle m'avait confié, debout de l'autre côté du comptoir, en me parlant de l'endroit en Écosse d'où elle était originaire : l'île de Barra, dans l'archipel des Hébrides extérieures. Je n'en avais jamais entendu parler et je lui avais fait répéter deux fois le nom, épeler même. Battue par les vents toute l'année, d'après elle. Un climat et des conditions d'existence plutôt rudes, me dit-elle en souriant. C'était sa façon d'évoquer ce lieu. « Mon *chez-moi*, c'est comme ça que vous dites, non ? » J'avais beau acquiescer, je ne savais pas vraiment de quoi elle parlait. « J'aime et je déteste cette île. Elle m'a rendue malheureuse. Mais c'est l'endroit où je suis devenue moi-même. » C'était une drôle de conversation. Je l'avais complimentée sur sa parfaite maîtrise du français, puis je lui avais donné une adresse de médecin généraliste avant de l'accompagner jusqu'à la porte de l'officine. Il était tard, mais, sans même y réfléchir une seconde, j'étais allé chercher la voiture pour monter au cimetière. J'avais besoin du calme que je ressentais là-haut et nulle part ailleurs. Cela ne rimait à rien, mais ces mots sonnaient comme un message qui m'était adressé : *devenir soi-même.* Cette femme ne savait rien de moi en entrant dans ma pharmacie, et je n'aurais jamais dû faire attention à ses paroles. Ne pas me laisser gâcher ma promenade sur les hauteurs de Sète par une inconnue.

Je n'appartiens à aucun lieu. Comment pourrais-je affirmer que je suis plus *moi-même* ici qu'ailleurs ? J'ignore le sens de ces mots. J'essaie de traverser les journées. C'est la seule définition que je trouve à tout ça. Il faut avancer. La vie, c'est cet écoulement du temps, rien d'autre. Il faut naviguer sur ce fleuve des heures, pourquoi imaginer autre chose ? Se contenter de rendre tout cela aussi agréable que possible, éviter les tempêtes, avancer. C'est ça, être soi-même. Je me suis toujours efforcé de raisonner ainsi. Mais au-delà ? J'avais proposé à Madeleine de quitter Lyon pour ne pas avoir à passer tous les déjeuners du dimanche dans sa famille ou la mienne. Cette perspective l'ennuyait, et moi aussi sans doute. Alors j'ai acquis la pharmacie à Sète parce qu'il y avait une officine avec un excellent emplacement à vendre. La vie prenait son cours. Il n'y a rien d'autre à y voir. Neuf mois plus tard, Matias est né.

Je suis allé m'acheter un guide de l'Écosse hier. J'ai été surpris d'en trouver un dans la petite librairie du centre-ville. Il ne contient que quelques pages sur les Hébrides, et presque rien sur l'île de Barra. Un peu plus de mille habitants, quelques vestiges des invasions vikings, un donjon du XII$^{e}$ siècle et une nature sauvage. Le guide mentionne aussi l'importance des îles dans la résistance aux Anglais, notamment pendant la révolte jacobite, mais l'attraction principale de Barra semble consister non pas en ce qu'on y trouve, mais en la manière d'y accéder : soit en bateau, après de longues heures d'une traversée rendue périlleuse par la présence de rochers, soit en avion, au prix d'un spectaculaire atterrissage sur la plage transformée en piste d'aéroport temporaire à marée basse. J'ai relu la page plusieurs fois. Je n'y trouve aucune information qui me permette de mieux comprendre les propos de cette touriste écossaise. J'ignore tout d'elle, jusqu'à son nom, d'ailleurs. Je ferais mieux de penser à autre chose, mais je n'y parviens pas. Depuis l'entretien avec le professeur de philosophie de Matias, je n'arrive plus à *fonctionner* normalement. Je déteste quand je ne comprends pas. La touriste écossaise, ou ce professeur.

« Matias vous admire beaucoup. Il me l'a dit. Mais peut-être vous craint-il aussi un peu. C'est pour cette raison que j'ai pris la liberté de solliciter cet entretien avec vous. »

Les mots de M. Almassy semblaient pesés, choisis avec soin. Ils se sont enkystés dans mes pensées. Cette façon si précautionneuse de parler m'a presque détourné du sens de ses phrases. Est-ce pour cela qu'elles tournent en boucle dans ma tête ?

« Il craint de vous faire certains... aveux. De vous dire certaines choses, si vous préférez. »

J'ai failli l'interrompre pour lui faire remarquer que ce n'était pas à moi de *préférer* quoi que ce soit, dans la mesure où je ne comprenais toujours pas de quoi il retournait. Je n'ai pas osé lui poser la question. Passer pour une brute épaisse aux yeux du philosophe tout en subtilités m'aurait déplu. En rentrant, je ne sus comment faire un compte rendu de notre conversation à Madeleine : Matias avait des résultats excellents, ça aussi Almassy l'avait répété plusieurs fois. Non, ses mots exacts furent : « Un jeune homme brillant ». Je ne voyais pas ce que cet adjectif faisait là. Matias était un bon élève, point barre. Comme moi à son âge, comme sa mère sans doute. Je n'ai jamais demandé à Madeleine son relevé de notes à dix-huit ans, mais elle a tout de même soutenu une thèse sur Paul Valéry. Qui ne lui a jamais servi à rien, à part nous mettre sur la piste de Sète, pour l'officine. Mais je n'avais jamais employé le mot « brillant » pour parler d'elle, ni de moi d'ailleurs. Matias est inscrit en hypokhâgne au lycée Joffre pour la rentrée, à moins qu'il ne parte à Lyon finalement, et Almassy n'a pas de doute sur sa capacité à entrer à l'École normale, dit-il. Le cours des choses, donc. Cela ne méritait pas un entretien, me semblait-il. Ni cette conclusion alambiquée m'enjoignant d'être plus ouvert au dialogue avec lui.

« Si je puis me permettre, sans outrepasser mon rôle de professeur, bien sûr, j'aimerais vous dire, en toute simplicité, mon impression. Vous savez, à cet âge-là, pour un garçon comme Matias, les cours de philo peuvent soulever beaucoup de questions qu'on pourrait qualifier d'existentielles. Et par glissement – car, dans le fond, ça n'a rien à voir avec ma personne –, un pauvre professeur comme moi en vient à représenter une possibilité de dialogue, rien de plus. Et il a donc voulu me confier un certain nombre de choses, sur ses désirs, ses envies. Et ses craintes, liées à tout cela. Je crois qu'il a besoin de votre écoute bienveillante. Voilà tout ce que je voulais vous dire. Votre fils est un jeune homme formidable. »

Et à ces mots, ma poitrine s'est comprimée.

Quelques jours plus tard, c'était la fin de l'année scolaire, et Madeleine est partie à Lyon avec Matias comme tous les ans. Puis cette Écossaise est passée à la pharmacie.

# 2

En dernière année de pharmacie, je m'étais dit qu'il était temps de penser à la suite, et je me suis mis à faire la cour à Madeleine. Ce n'était déjà plus l'expression en vogue à l'époque, mais c'est néanmoins ainsi que je voyais les choses. Je l'avais croisée à plusieurs occasions, nous faisions partie du même milieu : la bonne société lyonnaise. Elle était jolie, enjouée, agréable. Cela me paraissait une bonne idée. Elle passait beaucoup de temps à Paris pour finir ses études, mais elle était rentrée pour les fêtes de fin d'année, et nous étions invités à la même soirée de réveillon. Tout le reste a été facile, et nous nous sommes fiancés à Pâques, en 1969. Madeleine trouvait que j'étais un homme sans passions et cela lui plaisait. Quand nous sommes tombés d'accord pour quitter Lyon après le mariage, cela a contrarié nos deux familles, mais elles ne pouvaient rien y faire. J'avais touché l'héritage de mon grand-père à mon vingt-et-unième anniversaire, et cela m'a permis de racheter l'officine qui est la mienne désormais, dans le centre-ville de Sète, et de nous offrir ce nouveau départ dont nous avions tous les deux envie, surtout Madeleine. J'aimais que les choses soient simples avec elle. La poésie, la musique, c'était son domaine. Je ne déteste pas l'accompagner au concert de temps en temps, mais je ne ressens certainement pas le même plaisir : elle semble prendre feu, littéralement, quand un concert l'enthousiasme. Mais ce n'est sans doute pas le mot qui convient pour décrire ce qui se passe en elle lorsqu'elle écoute de la musique. D'ailleurs elle déteste quand je lui demande : « Ça t'a plu ? » Elle me répond alors que ça n'a rien à voir avec le plaisir. Que c'est autre chose, bien *au-delà*. Ce sont des transports qui n'ont aucun sens pour moi, mais peu importe. Il était entendu entre nous que c'était vital pour elle, et qu'elle avait par conséquent besoin de s'absenter de temps à autre pour aller à l'Opéra de Paris ou ailleurs. C'est donc ce qu'elle fait. Nous avons toujours trouvé des arrangements qui nous conviennent à l'un et à l'autre. J'essaie d'être pragmatique en toutes choses, et Madeleine n'a pas changé, pendant toutes ces années : la vie avec elle est *agréable*. Je ne vois pas de meilleure définition du bonheur, et la question n'a rien de philosophique pour moi. Le confort de l'existence que nous menons ensemble m'a toujours apporté un bon sommeil, et une forme de quiétude. Jusqu'à l'entretien avec M. Almassy.

Matias a passé les épreuves du baccalauréat quelques jours après la réélection de François Mitterrand, et il m'a fait remarquer que le premier septennat correspondait exactement à ses années de collège et de lycée, et que le deuxième allait sans doute englober la durée de ses études supérieures. « On verra si j'aurai trouvé mon premier boulot avant qu'il ne quitte l'Élysée pour de bon. » Comme je ne répondais pas, il ajouta : « Tu sais, nous avons parlé en cours de philosophie des premières lois votées sous Mitterrand. L'abolition de la peine de mort, le prix unique du livre, et la dépénalisation de l'homosexualité. C'est intéressant, non ? » Je sais qu'il aurait aimé me faire parler, connaître mes avis politiques, mais je ne me laisse jamais provoquer. J'ai toujours agi ainsi avec lui, et il n'a pas insisté. Ce n'est pas seulement un bon élève, c'est surtout un gentil garçon, suffisamment intelligent pour savoir que la confrontation avec moi ne mènerait à rien. Je ne sais pas si c'est le mot exact, mais je crois que je me suis *attaché* à sa gentillesse, à sa douceur. Je me suis attaché à lui tout court, pour être honnête. Ça ne m'a jamais troublé qu'il soit si différent de moi. Ses cheveux qui tirent sur le roux, sa passion pour la littérature et la musique. Cette dernière, nous pouvons au moins savoir de qui il la tient, car, pour la couleur de ses cheveux, c'est une autre histoire… Matias a été un enfant facile à élever. En y réfléchissant, je me dis qu'il s'est plus adapté à ses parents que nous à lui. Il a grandi sans faire d'histoires. Les années passaient, il semblait suivre le cours des choses décidé par nous sans se poser de questions et sans se révolter. Madeleine lui consacrait plus de temps que moi, mes journées à la pharmacie étaient longues. Mais il y a eu ces week-ends où Madeleine partait, à Paris ou ailleurs, ces absences qui avaient fait l'objet d'un accord entre nous. La première fois, il devait avoir six ans, quand j'avais accepté de m'y essayer : m'occuper tout seul de lui. Était-ce Yehudi Menuhin ou Janet Baker pour qui elle avait eu des places, je ne m'en souviens plus. Mais ce dimanche matin avec Matias est resté dans ma mémoire, depuis toutes ces années. J'avais laissé déborder le lait pour son chocolat chaud et, quand il m'a vu paniqué et dépassé par les événements devant la cuisinière, il a eu un tel fou rire que je n'ai pas pu faire autrement que de céder moi aussi à l'hilarité qui s'était emparée de lui. Nous avions fini par en pleurer tous les deux, de concert. Ça a duré un bon moment, puis il m'a expliqué sur quel feu Madeleine plaçait la casserole et comment elle surveillait le lait en remuant avec une cuillère en bois – tout cela sur un ton mi-enfantin, mi-ironique, m'avait-il semblé. *Sacré bonhomme*, me suis-je dit dans mon for intérieur. Je n'aime pas l'admettre, car ça n'a rien de rationnel, mais, à cet instant précis, ce petit garçon m'avait empli d'une tendresse insoupçonnée.

À notre mariage, les invités ne parlaient que d'Armstrong. Le premier homme sur la Lune. L'émerveillement devant cette expédition dominait toutes les conversations et faisait passer notre union pour un événement de moindre importance. Soudain, tout cela paraissait d'une grande banalité et, si je me fichais un peu d'être relégué au second plan dans cette excitation collective à l'idée d'*un grand pas pour l'humanité*, mes parents avaient du mal à cacher à quel point ils étaient froissés d'avoir perdu la bataille contre des cosmonautes américains, alors qu'ils avaient espéré être le sujet numéro un de leur petit monde pendant quelques heures au moins. Madeleine en riait encore, du dépit à peine déguisé de ma mère, quand elle se laissa tomber sur le lit de notre suite nuptiale. Aucune trace d'anxiété perceptible chez celle qui venait de lier son sort au mien et qui, d'après mon père, aurait dû ressentir un peu plus d'appréhension. La veille du grand jour, il avait tenu à me faire profiter de son expérience et à me donner ce qu'il appelait *une petite explication de texte*. Dont je n'avais nullement besoin, mais, sachant qu'il ne servirait à rien de polémiquer et de lui parler de la révolution sexuelle ou de Mai 68, j'ai écouté ses conseils et mises en garde sans broncher. Vingt-quatre heures plus tard, Madeleine, par sa nonchalance, tournait les propos de mon père en dérision sans le savoir : elle s'endormit à la seconde même où sa tête toucha l'oreiller de notre grand lit. Mon devoir conjugal pouvait bien attendre.

Notre expédition était beaucoup moins spectaculaire que la mission d'*Apollo*, mais, pour moi, ce déménagement à Sète relevait de l'exploit. Quitter Lyon et ma famille, je n'en aurais jamais eu l'idée sans Madeleine. Elle ne l'avait pas exigé à proprement parler, mais, pendant ces mois de fiançailles, il me semblait naturel de reprendre ses idées à mon compte. Et conforme à mon éducation aussi – même si, en l'occurrence, ma famille était scandalisée par notre décision. On m'avait enseigné qu'un bon mari devait certes assurer la sécurité financière de son épouse, mais aussi savoir lui faire plaisir. Entre Madeleine et moi, le contrat tacite stipulait que sa liberté était primordiale. J'ai toujours supposé qu'elle aurait préféré ne pas se marier du tout, mais tout cela était une affaire de peu de mots. Dans notre monde, nos familles, il n'était pas envisageable de construire sa vie en dehors du mariage, et nous le savions tous les deux. Alors, dès notre première vraie rencontre à cette soirée de réveillon de la bonne société lyonnaise, nous avons senti tous les deux qu'il existait peut-être un chemin étroit vers la liberté. Si nous unissions nos destins. Ou alors je me plais aujourd'hui à reconstruire le passé à la lumière de ce que nous avons vécu ensemble depuis ? Comment savoir. Ce dont je suis certain, c'est de notre détermination à vivre loin de nos familles respectives, dont la vie conventionnelle ennuyait Madeleine. Et moi un peu, par ricochet, ou par contagion. Elle avait envie de rompre avec ce qu'elle appelait *le degré zéro de fantaisie* de notre milieu, pour trouver autre chose ailleurs. En travaillant sur sa thèse consacrée à Paul Valéry, elle s'était rendue dans sa ville natale lors d'une sorte de pèlerinage. La ville l'avait charmée. « Pourquoi pas Sète ? » m'avait-elle suggéré lorsque j'avais décidé de me mettre en quête d'une officine à racheter. Nous ne connaissions personne sur place, et c'était précisément cette promesse d'anonymat qui nous avait plu. Et jusqu'à l'entrée de Matias à l'école, nous avons réussi à vivre à l'écart, Madeleine passant l'essentiel de son temps avec cet enfant qu'elle avait accueilli avec un peu de perplexité d'abord, de son propre aveu. « Je n'ai aucune idée si je saurai faire », m'avait-elle confié à la sortie de la maternité. Mais Matias était un enfant placide qui dormait beaucoup et pleurait peu, et je vis comment petit à petit elle s'habitua à son nouveau rôle pendant que toute mon énergie était tournée vers l'organisation du travail à la pharmacie. Madeleine s'était remise au piano. Je travaillais six jours sur sept. Le dimanche était souvent consacré à des excursions dans l'arrière-pays. Le pic Saint-Loup, Pézenas, Saint-Guilhem-le-Désert, puis Carcassonne et les châteaux cathares, dès que Matias fut en âge de s'y intéresser. Parfois, Madeleine partait à Paris ou ailleurs pour un concert. Nous avions peu d'amis, en général des connaissances rencontrées à l'école de Matias, et de temps à autre nous étions invités chez les uns ou les les autres, parfois pour une promenade en mer. La vie s'écoulait en douceur. Nous étions un couple traditionnel des années 70 – en apparence.

# 3

Almassy. Cela m'est revenu. Notre cerveau joue plus souvent au Petit Poucet avec nous que nous voulons bien l'admettre. C'était le nom d'un cousin de ma mère : Almassy. Cousin, ou parent plus éloigné, comment savoir. D'un homme qui était venu nous voir à Lyon, ça, j'en suis certain. L'embarras de mes parents à l'occasion de cette visite était évident. Pour quelle raison, je n'en ai pas la moindre idée. Et Almassy, c'est aussi le nom du professeur de philosophie qui avait tenu à me parler de *mon fils*. M'alerter, à son sujet, peut-être. Je ne suis toujours pas sûr d'avoir bien compris les raisons de cet entretien. J'ignore tout autant pourquoi cette coïncidence me saute aux yeux maintenant. Je suis loin d'être le seul en France à avoir de la famille d'origine hongroise. Une mère, pour être exact. Et Almassy, ce n'est peut-être pas si rare, qui sait ? Si ce n'était pas aussi inconvenant, je rappellerais bien ce professeur empli de tant de sollicitude pour lui poser la question.

Mais je n'ai pas l'habitude de ce genre de choses. Déranger les gens. M'imposer. Poser des questions. La discrétion était une vertu cardinale pour mon père, il ne cessait de nous le répéter. Et nous nous efforcions tous de mettre sa maxime en pratique. Tous. Même l'affection se devait d'être discrète. Pas d'effusion, pas de sentimentalité. Surtout pas. Madeleine se moquait parfois de moi, en me disant que c'était devenu *ma seconde nature.* Il m'est arrivé de m'interroger, j'avoue : quelle serait ma *première nature* – si cela existe – sans ce diktat paternel de la modération et de la mesure en toute chose ? Qui serais-je devenu alors ? Nous ne sommes jamais allés plus loin dans cette discussion – je soupçonne que cela arrange Madeleine de me savoir si dépassionné. Un gage de sa liberté : je ne suis pas jaloux, et je ne cherche pas à savoir si ses absences sont toutes justifiées par son seul désir de voir de grands artistes à l'Opéra ou en concert, à Londres, Vienne ou Paris. Ou si, parfois, elle en profite pour assouvir d'autres envies. Je ne saurais comment lui poser de telles questions. Je suis pourtant sincèrement attaché à elle. Mais notre couple est ainsi bâti. Au départ, notre respect mutuel avait peu à voir avec l'esprit du temps, l'invention hippie du mariage ouvert ou d'autres idées à la mode après 68. J'étais juste incapable de lui dire que je l'aimais plus qu'elle ne saurait jamais m'aimer en retour. Il me semble aujourd'hui que j'ai eu cette intime conviction depuis le début de notre relation. Je n'ai aucun élément concret pour étayer cette idée. Pourtant cela m'était apparu dès nos fiançailles. Madeleine ne serait jamais complètement à moi, ni à personne. Son indépendance n'était pas négociable.

Je ne sais plus quel soir, en sortant de la pharmacie, je suis parti à la plage. Cela ne m'arrive jamais. Je n'ai jamais aimé y aller. Le sable, la promiscuité, le bruit des gens, tout me déplaît dans cette occupation. Pourtant, je n'ai pas peur de l'eau, j'étais même un très bon nageur pendant mon adolescence et mes études, et je fréquentais deux à trois fois par semaine la piscine du Rhône à Lyon. Il n'y a pas de surprises quand on fait ses longueurs dans un bassin. Juste vingt-cinq ou cinquante mètres à l'aller, une culbute, et la même distance au retour. La synchronisation des mouvements de bras avec la respiration, tous les trois coups en ce qui me concerne, puis un mouvement tout léger des pieds pour stabiliser le corps dans l'eau et faciliter la glisse. Ne pas s'arrêter, juste penser à avancer. Une longueur après l'autre. Il n'y a rien de tout cela à la plage. À celle de Sète en tout cas. Aucune quiétude, bien au contraire, et l'eau, dans ces conditions, ne me sert à rien. Lors de nos vacances en famille, au Pays basque, quand j'étais enfant, j'avais réussi à apprivoiser les vagues parfois énormes qui déferlaient sur les plages de l'Atlantique. Et à prendre plaisir à m'y jeter, même s'il ne saurait être question de nager non plus. Ici, rien de tout ça. Juste un léger clapotis, au mieux, et aucun danger ni effet revigorant. Seulement tous ces gens qui sentent l'huile de monoï achetée à ma pharmacie ou ailleurs, leurs conversations sans intérêt et ce sable qui colle. « Personne ne pourra t'accuser d'être venu t'installer ici juste pour profiter du soleil et de la mer », me disait parfois Madeleine en se moquant de moi. Tout en me reprochant à demi-mot, peut-être, de ne l'avoir jamais accompagnée lorsqu'elle amenait Matias ici. Il est certain que je préférais la tranquillité du mont Saint-Clair. Celle du cimetière marin. Mais, jeudi dernier, je n'avais pas envie d'y monter, j'ai cherché mon maillot de bain au fond de l'armoire et je me suis retrouvé à cet endroit que les Sétois nomment le Lazaret. En descendant vers la plage, j'ai croisé la cliente écossaise qui remontait vers la ville – il faut dire que c'était l'heure du dîner, malgré le soleil encore vif de fin de journée. Elle m'a salué d'un geste de la main. Je n'ai pas su comment réagir, s'il fallait engager la conversation ou pas. Je ne sais jamais.

Alors j'ai fait un petit signe semblable au sien, puis j'ai encore continué quelques mètres et j'ai posé ma serviette. La plage était déjà aux trois quarts vide, seuls quelques jeunes s'égayaient encore aux deux extrémités de la petite anse. Face à moi, l'eau et, en tournant légèrement la tête, le chapelet des plages jusqu'à Agde, comme une règle d'écolier longue d'une vingtaine de kilomètres. J'avais voulu éviter plus que tout de me rendre sur l'une d'elles : à chaque fois que nous quittions Sète par l'ouest, cette route bordée de chaque côté par de grandes étendues d'eau provoquait une angoisse sourde chez moi. La mer au sud, l'étang de Thau au nord, une route comme un simple trait au milieu, quelque chose dans cette configuration du paysage me mettait mal à l'aise. Cette longue ligne droite n'avait rien à voir avec les virages plus ou moins serrés des routes que nous empruntions quand mon père nous emmenait vers les monts du Lyonnais ou le Beaujolais le dimanche, ni, a fortiori, avec les départementales dans l'arrière-pays basque, pendant nos vacances. Alors j'ai préféré la plage du Lazaret, plus près du centre-ville et formant une petite crique adossée à la colline.

Après m'être déshabillé, je me suis tout de même trouvé désemparé. Que font les autres dans cette situation ? J'ai dû rester là quelques minutes, me sentant idiot dans mon maillot de bain démodé, me demandant pourquoi j'avais eu l'idée de venir. Tout cela me paraissait saugrenu, obscur. Ça ne me ressemblait pas. Mais j'étais incapable de mettre de côté cette agitation intérieure qui s'était emparée de moi depuis l'entretien avec le professeur de philosophie. Alors tout d'un coup j'ai repensé à ma mère. Ne m'avait-elle pas dit qu'elle était née au bord de l'eau ? Mes souvenirs d'elle étaient si vagues, je n'étais plus sûr de rien. Elle m'avait à peine parlé de sa vie avant son mariage. Avait-elle appris à nager dans le lac Balaton ? Ou dans le Danube ? Elle n'était plus là pour que je puisse lui poser des questions. Et pas seulement au sujet des baignades : je ne savais rien de son enfance. Pourquoi y penser maintenant, tout seul et en maillot de bain face à la Méditerranée ? Et pourquoi son image se mêle-t-elle à celle de la touriste écossaise ? J'imagine que personne ne se baigne dans les eaux froides des Hébrides extérieures. Mais, contrairement à ma mère, elle trouvait naturel de parler de ce que son île représente pour elle, et de son sentiment d'avoir un endroit où elle est en paix. Moi je ne sais même pas comment s'appelle le village où ma mère est née et a grandi. Et ici, le seul endroit où je me sens bien est un cimetière… Il fallait mettre un frein à ce flot de pensées, alors je me suis levé et j'ai couru vers la mer.

## 4

Ce jour où Madeleine avait amené Matias à un récital de piano à Montpellier, j'avais ressenti une étrange douleur. À leur retour, Matias avait le feu aux joues et les yeux embués. Il cherchait ses mots pour me parler de ces sonates de Schubert, et surtout de la célèbre *Fantaisie* pour quatre mains, qui l'avaient bouleversé une heure plus tôt. Son émotion était troublante.

« La prochaine fois, je viendrai avec vous. »

Je savais pourtant que ma réponse était insuffisante. Car, même si je décidais vraiment de me joindre à eux pour un prochain concert, je ne ressentirais jamais ce que la mère et le fils partageaient de toute évidence lors de ces moments, je ne saurais jamais comment quelques notes de musique peuvent changer un être humain en une sorte d'astre. C'est le mot qui m'avait traversé l'esprit, en voyant mon fils transfiguré par l'expression d'un bonheur indicible sur son visage. Je n'ai pas accès à autre chose que du contentement dans la vie. L'extase qui se lisait sur la figure de Matias m'était étrangère. Madeleine me l'avait dit le jour de nos fiançailles : je suis un homme sans passions. Elle ajouta que cela lui convenait très bien. Mais j'aimerais tout de même comprendre comment la *Fantaisie en fa mineur* de Schubert parvient à remuer à ce point un jeune homme de dix-sept ans. Je n'ai jamais été ce garçon-là. J'aimerais connaître cette félicité – dont témoignaient son regard et la coloration de ses joues encore une heure plus tard – que même le sexe ne me procure pas. Suis-je condamné à la bonne mesure en toute chose ? Je n'ai pas le cœur sec pour autant. J'aime Madeleine avec une tendresse que je ne peux pas nier. Nous faisons encore l'amour de temps en temps. Cela me procure de la satisfaction et elle aussi semble trouver ça agréable – mais ce que nous partageons s'arrête là. Et être *satisfait* n'a pas grand-chose à voir avec être *heureux*. Contrairement à ce que l'on m'a appris. Dans ma famille, la passion pour Schubert, ou autre chose, n'avait aucune place dans nos journées. La pharmacie occupait celles de mon père et, si la musique faisait partie intégrante de la bonne éducation et de temps en temps de la vie sociale, lors d'une soirée au concert ou à l'opéra, elle n'a jamais joué un autre rôle, jamais empourpré les joues de qui que ce soit.

On ne m'a pas donné accès à ce territoire étrange où Madeleine s'aventure à chaque fois qu'elle met un 33-tours sur notre platine, ou lorsqu'elle part assister à un spectacle quelque part. Il faut croire qu'elle a transmis la clef de son paradis à Matias. Il me reste la salle d'attente. Ou devrais-je dire le purgatoire ?

Je m'étonne encore d'avoir appelé M. Almassy en rentrant de la mer. J'avais perdu la notion du temps en nageant, et même les bandes de jeunes avaient disparu des deux extrémités de la plage quand je suis enfin sorti de l'eau. En me demandant pourquoi je n'étais jamais venu, depuis toutes ces années. Car, dans l'eau, une sorte de fureur douce s'était emparée de moi, et je ne voulais pas que cette volupté disparaisse trop vite. Alors j'ai nagé. Longtemps. Arrivé à la maison, il devait être huit heures et demie, je pris le bottin téléphonique, et sans la moindre hésitation, fis le numéro que j'y avais trouvé. C'est seulement quand il décrocha que je me rendis compte que je n'avais pas réfléchi à cet appel. Comment me présenter ? Comment justifier le dérangement ? Je ne savais même pas très bien pourquoi cette idée m'était venue, et pourquoi elle s'était imposée à moi avec une telle urgence. Était-ce ce que d'aucuns appelaient une *impérieuse nécessité* ? Cette expression m'avait toujours intrigué. J'ignore si cela a le moindre sens pour un professeur de philosophie comme M. Almassy, qui s'attendait sans doute – une fois la surprise de m'entendre au téléphone mise de côté – à ce que je lui pose des questions sur Matias. Mais je n'en fis rien. Car ce n'était pas pour lui parler de mon fils que j'avais composé son numéro. Ni pour revenir sur la discussion qui avait provoqué cette confusion dont je ne parviens pas à me défaire. Rien de tout ça. Pourtant.

« Vous savez, ma mère avait un cousin qui s'appelait comme vous. Almassy, je veux dire. Et je me suis demandé si… Ma mère est décédée il y a quelques années déjà, je ne peux plus le lui demander, alors je me suis dit que… Vous savez, je suis allé nager tout à l'heure et, en sortant de l'eau, j'ai repensé à ce cousin, enfin, à ma mère je veux dire, puis à vous, à votre nom de famille, pas vous spécifiquement, enfin, à vous quand même, mais parce que vous vous appelez comme lui, alors je me suis dit… vous savez… »

Je crois que c'est à cet endroit que M. Almassy me coupa la parole et suggéra que ce serait sans doute plus facile d'en parler de vive voix plutôt qu'au téléphone.

« Vous prenez bien une pause déjeuner au milieu de votre journée à la pharmacie ? Si vous voulez, on peut se retrouver à midi et demi demain à la brasserie des Halles ? » J'acquiesçai, troublé, et il raccrocha.

J'étais confus en arrivant dans ce bistrot où j'avais rarement mis les pieds. Gêné d'avoir suscité cette nouvelle entrevue. Je me suis même senti embarrassé d'annoncer à mon préparateur Ludovic que je risquais d'être en retard pour la réouverture de la pharmacie après la pause déjeuner, car *j'avais rendez-vous au restaurant avec un professeur de mon fils*, et à en juger par ses yeux écarquillés, j'avais eu raison de me sentir emprunté. Georges Almassy, lui, semblait très à l'aise et je me rendis vite compte que tout le monde le connaissait, qu'il devait faire partie des habitués du lieu.

« Almassy, si c'est bien comme ça que le cousin de votre mère s'appelait, s'écrit Almásy en hongrois. La plupart des réfugiés hongrois ont fait modifier l'orthographe de leur nom en arrivant en France, ou dans d'autres pays occidentaux. Pour qu'on entende le son " s " et non pas " z ", si vous voyez ce que je veux dire. Mes parents ont réussi à s'enfuir en 1956. J'avais huit ans. Et Almásy György s'est effacé devant Georges Almassy. Tour de passe-passe. Jusqu'à devenir le prof de philo de votre fils Matias. Prénom on ne peut plus hongrois, soit dit en passant, depuis le règne du grand roi Mátyás au XV^e siècle, mais ça, vous n'êtes pas sans le savoir. Et me voilà au restaurant avec vous, sans très bien savoir pourquoi d'ailleurs. »

Je n'étais pas certain de m'en souvenir, moi non plus, et je lui souris. Alors il continua à me parler de Budapest, la ville de son enfance, de la beauté du Danube, de son arrivée en France, de l'apprentissage d'une nouvelle vie. Me disant aussi qu'Almassy était un nom de famille pas si rare, d'origine aristocratique sans doute, mais qu'il n'en savait lui-même pas beaucoup plus.

Il ne me fit nulle remarque quand je ne sus répondre à aucune de ses questions au sujet de ma mère. Je croyais seulement savoir qu'elle avait appris à nager dans le lac Balaton. Je pris conscience que j'étais plongé dans mes pensées quand il me dit :

« Je vais appeler mon père à Paris pour lui demander si nous avions des cousins dans cette partie de la Hongrie. Si lui ne le sait pas, il demandera à ma tante. »

Je n'osai lui répéter que tout cela m'était revenu en contemplant la mer depuis la plage du Lazaret, ma mère, le nom de ce Hongrois venu à la maison, mais sans me rappeler les circonstances dans lesquelles elle avait pu me confier ce détail de son enfance. J'ignorais tout le reste du tableau. Comme si elle n'avait jamais eu de vie avant nous. Ailleurs. Loin de Lyon et de sa bonne bourgeoisie.

« Ma mère, elle m'a raconté si peu de choses. Quand j'étais enfant, j'avais à peine conscience qu'elle venait d'un autre pays. Mais comment vous dire… pour moi, elle a toujours été une étrangère malgré tout. Et pas seulement à cause de son accent dont elle n'a jamais réussi à se défaire, contrairement à vous. »

Je faillis lui demander s'il se sentait toujours hongrois. Étranger. J'étais confus, lui me souriait.

« Elle m'était étrangère, et je ne sais pas pourquoi. »

Je n'avais jamais parlé de ma mère à personne ainsi. Je n'avais sans doute jamais *pensé* ce que je venais de dire à l'homme attablé en face de moi. Le professeur de philosophie de mon fils Matias. Pourquoi lui ?

Mon poumon n'était pas vraiment comprimé, j'en avais conscience. La sensation d'avoir un poids écrasant sur ma poitrine n'en était pas moins troublante pour autant, me paraissant réelle à chaque instant de la journée. La nuit en particulier, quand le sommeil me venait difficilement. Moi qui n'avais jamais connu de difficultés pour dormir, je me levais désormais toutes les nuits à une ou deux heures du matin, las de m'être tourné et retourné dans mon lit depuis le coucher.

J'enfilais mon peignoir et m'installais dans le bureau-bibliothèque de Madeleine. Le soir de la première insomnie, j'avais cherché « Le Cimetière marin » sur ses étagères, et quand je finis par trouver le recueil, cela me fit sourire. Car mon désintérêt pour le poème de Paul Valéry auquel Madeleine avait consacré son doctorat était une source de plaisanterie entre nous de longue date. Depuis que mes promenades au mont Saint-Clair étaient devenues un rituel. Une obsession qui se terminait systématiquement au cimetière où le poète était enterré. Je devais être passé une centaine de fois devant sa tombe, sans avoir jamais lu une ligne de lui. Ce n'est donc pas sur un des bancs de la nécropole qui offrent une vue splendide sur la Méditerranée et l'étang de Thau que je découvris ces vers : *Le vent se lève !... Il faut tenter de vivre*, mais dans le halo de la lampe de lecture que Madeleine avait disposée à côté de son petit fauteuil Voltaire. Elle devait y passer de longues heures, je suppose. Ce bureau, et cette bibliothèque, c'est son domaine à elle, et je me sentais un peu comme un cambrioleur, à m'y glisser au milieu de la nuit et à chercher des livres dans ses rayonnages. À essayer de comprendre ces mots qui devaient être chargés de signification pour elle. Un long poème auquel elle avait sacrifié des mois de travail, avant de refermer ce chapitre de sa vie – des heures silencieuses dans la bibliothèque de la Sorbonne – et de rentrer à Lyon pour m'épouser. Alors ces nuits sans sommeil et ces livres sortis de sa bibliothèque, est-ce une façon de saisir enfin les raisons qui l'ont poussée à choisir la vie avec moi ? Comme si la réponse se trouvait ici, entre les lignes, enfouie dans les mots des autres. Mais que faire ce de *Il faut tenter de vivre* ? Plus rien ne va de soi, j'ai beau essayer, il m'est impossible de retrouver la sérénité qui était la mienne. La discussion avec Almassy, puis la rencontre avec la touriste écossaise ont déréglé mes horloges, et je ne parviens pas à y remédier. Chaque jour depuis des semaines apporte un nouvel élément de désordre : les allusions de M. Almassy à de prétendus soucis de *mon fils*, la baignade qui a ramené le souvenir de ma mère, et maintenant ces vers de Valéry…

Le lendemain d'une nuit particulièrement difficile, la touriste écossaise était de retour dans la pharmacie. Je pris sur moi, pour ne pas faire sentir à mon préparateur Ludovic à quel point j'étais à côté de moi-même ce jour-là. Je faisais répéter sa demande à un client sur deux, incapable de me concentrer et de me montrer efficace. J'avais envie d'être ailleurs, de rentrer chez moi à défaut de pouvoir partir au bout du monde, et je fixais la grande horloge au-dessus de la porte d'entrée comme si ma vie en dépendait. Nous étions à cinq minutes de la fermeture de midi quand elle est entrée. J'ai encore du mal à l'admettre, mais j'étais ravi qu'elle soit là. Je m'étais dit depuis notre rencontre fortuite à la plage que j'aimerais la revoir et lui poser d'autres questions – mais je n'avais aucun moyen de la joindre. Alors, plus que surpris, je fus heureux de la savoir encore à Sète, et sans réfléchir, je lui dis : « Je prends ma pause dans cinq minutes. Voudriez-vous déjeuner avec moi, peut-être ? » J'ignore d'où était sortie cette idée – je n'avais jamais fait une chose pareille : inviter une parfaite inconnue, une étrangère, et cliente de la pharmacie de surcroît, en l'absence de Madeleine… Cela n'avait aucun sens.

Je ressentis pourtant un vif plaisir en m'asseyant en face d'elle, à la brasserie du Marché. J'avais envie de l'interroger au sujet de son île. Et j'en avais assez de n'avoir personne à qui parler. Le regard étonné du serveur ne m'a pas échappé : les fréquentations du pharmacien de la ville en l'absence de son épouse allaient certainement être l'objet de ragots pendant quelques jours. Se montrer avec le professeur de philosophie du lycée local, passe encore, mais avec une touriste étrangère ?

« Je m'appelle Helen. Helen MacNeil. Et je vous remercie pour l'invitation. » Son accent, bien que perceptible à chaque mot, était très léger, et sa bonne maîtrise du français m'incita à lui demander où elle avait appris notre langue, après lui avoir dit que ma mère aussi s'appelait Hélène. Une façon de briser la glace, pensai-je.

« J'ai passé une année à Montpellier, dans ma jeunesse. J'avais entamé des études de français et d'histoire à Glasgow. Mais, à l'époque, quand j'étais à Paul-Valéry, comme nous disions, à la faculté de lettres je veux dire, je n'avais pas eu l'occasion de venir à Sète, je ne sais pas pourquoi, à vrai dire. Alors, quand j'ai eu besoin de partir de Barra, j'ai pensé …

– Pourquoi partir ? » Je lui rappelai qu'elle m'avait pourtant parlé de son île comme du seul endroit au monde où elle était vraiment elle-même, et je vis alors ses yeux s'embuer.

« C'est une longue histoire. On dit bien ça en français aussi, non ? *It's a long story.*

– Oui, nous disons ça aussi. Et j'ai tout mon temps. »

C'était tout sauf exact, car Ludovic n'allait certainement pas apprécier de se retrouver seul à la réouverture. J'étais ridicule : j'avais passé ma vie à ne pas offrir la moindre chance aux clients de la pharmacie de s'épancher sur leurs misères et histoires de vie, j'avais toujours tenté de tenir les confidences des uns et des autres à distance, et voilà que j'offrais un boulevard à une inconnue, certes sympathique, mais qui pourrait se révéler tout autre, comment savoir ? Depuis mon entrevue avec Georges Almassy, je faisais n'importe quoi. Me baigner sur la plage du Lazaret en pleurant, lire de la poésie au milieu de la nuit et, maintenant, déjeuner avec cette femme et lui demander de me raconter sa vie – je n'étais vraiment pas dans mon assiette.

« Quand David est mort… J'ai mis un an à me dire qu'il fallait quitter Barra. Je n'y arrivais pas. J'avais pris un congé sans solde – j'enseigne à Glasgow, à la même faculté où j'ai étudié – et je suis restée dans notre vieille maison de famille toute seule. Pendant un an, sans rien faire. Je n'arrivais même plus à lire. Je n'arrivais à rien d'ailleurs. Juste à marcher sur la plage, face au vent.

– David, c'était votre mari ?

– Oh, si seulement. Non. Comment vous dire ? Je l'avais rencontré quelques mois plus tôt, à la fin des vacances d'été, toujours à Barra. Il travaillait comme médecin à Édimbourg. Nous nous sommes revus. J'ai commencé à tromper mon mari. Prétextant des séminaires, des échanges universitaires, des rendez-vous avec des collègues. On devient très créatif quand on est… Enfin, vous voyez. Au bout d'un an, j'ai dit la vérité à Jack, mon mari, et j'ai amené David à Barra, dans la maison familiale, celle dont j'ai hérité. Il adorait l'endroit. Nous faisions de longues balades, nous étions heureux. Et il partait nager tous les matins. Il avait commencé à faire ça quelque temps plus tôt, au Loch Lomond, au nord de Glasgow, où il y avait un club de nage en eaux libres. Il disait que cela lui avait donné un coup de jeune et qu'il ne pouvait plus s'en passer. Juste avant la fin des vacances, un matin, il n'est pas revenu. On ne l'a jamais retrouvé. »

Helen m'avait regardé droit dans les yeux pendant son récit, même en chuchotant « Il est parti ». C'est à ce moment-là que le serveur posa nos plats devant nous. Nous commençâmes à manger en silence. Je finis par lui demander : « Pourquoi Sète ? » Toutes les autres questions qui me traversaient l'esprit me semblaient impossibles à formuler. Trop indiscrètes. Trop douloureuses. Je ne savais rien de cette femme avant de m'asseoir en face d'elle et, en quelques minutes, elle m'avait avoué un adultère et confié un deuil. Et si ce n'étaient pas les mots adéquats ? Comme si elle avait lu dans mes pensées, Helen posa sa fourchette et me dit :

« David était le grand amour de ma vie. Nous avons eu un an ensemble. Un an, pas un jour de plus. Dont un mois à Barra. Et maintenant je dois m'en contenter, et avancer. C'est pour ça que je suis venue à Sète. » Je n'osai pas lui dire que je l'enviais – elle m'aurait évidemment pris pour un fou. C'était pourtant vrai. Elle avait connu une année de félicité, elle pouvait dire sans sourciller à un inconnu tel que moi qu'elle avait perdu *le grand amour de sa vie.* Je lui enviais ses certitudes et même sa douleur. Ma vie, réglée comme l'horloge au-dessus de la porte de la pharmacie, si petite à côté, si ordinaire ou médiocre, comparée à son chagrin immense. Comment pourrais-je lui parler de cette oppression qui enserrait ma poitrine depuis quelques semaines, sans pouvoir lui en donner la moindre raison ? Oserais-je admettre que le doute me rongeait ? Le sentiment que j'avais géré ma vie comme un financier gère ses actions, mais que je ne prenais aucun plaisir à récolter les fruits de ma sagesse ? Elle interrompit mes pensées.

« Vous savez, je vous l'ai dit, Barra restera à jamais le seul endroit au monde où je me sens totalement *chez moi.* J'aime bien votre façon de dire ça en français, *chez soi.* Nous, nous disons plutôt *at home*, ce n'est pas exactement la même chose, enfin peu importe. Mais

Barra, c'était devenu trop… Je ne sais pas. Je n'arrivais plus à respirer, malgré le grand air. Alors ce regret m'est revenu en mémoire, de n'être jamais venue à Sète du temps où j'étais étudiante à une demi-heure d'ici. Et maintenant, je n'ai plus envie de repartir. »

J'acquiesçai, et elle poursuivit.

« C'est un cliché, bien sûr, mais rien que le soleil et la mer me donnent l'illusion de revivre. Sans parler des promenades que je fais tôt le matin, là-haut, au cimetière marin. Quelle beauté. Mais ce n'est pas à vous que je vais expliquer la chance que vous avez de vivre ici. »

Je lui souris.

« J'y vais souvent, plutôt le soir. Jamais le matin en tout cas. C'est pour ça que nous ne nous sommes encore jamais croisés là-haut. Sur ce cher mont Saint-Clair. Même si je ne suis pas sûr de l'apprécier à sa juste valeur, à vous entendre. On prend les choses pour acquises, même les beautés qui nous entourent, non ? »

Le serveur vint à point nommé pour débarrasser nos assiettes.

L'heure tournait, il faudrait penser à rouvrir la pharmacie. Mais Helen reprit son récit, là où elle l'avait laissé, et je n'osais l'interrompre.

« Mais même si je suis charmée par Sète, je sais que je retournerai à Barra. Pourtant, la noyade de David n'est pas le premier malheur que j'ai connu là-bas. »

Cette phrase a résonné en moi tout au long de l'après-midi, alors que j'avais le regard fixé sur la grande horloge au-dessus de la porte d'entrée de la boutique. Cela faisait un peu plus de quinze jours que Madeleine et Matias étaient partis, et dans dix jours je pourrais les rejoindre. Seulement, je n'avais plus très envie de passer trois semaines dans cet hôtel au bord du lac Léman où nous prenions nos quartiers depuis des années. L'idée de se conformer toujours aux mêmes habitudes, de suivre les schémas établis, m'avait pourtant plu, même quand il s'agissait de nos vacances. Répéter les mêmes gestes, que ce soit à la pharmacie ou en dehors, comme pour mes promenades régulières au cimetière marin ou sur les hauteurs du mont Saint-Clair, cela m'avait toujours semblé évident. Une fois, seule-ment, je m'étais interrogé, lorsque Madeleine m'avait dit que cela devait me *rassurer* – mais j'avais vite oublié. Une vie ordonnée et réglée me convenait, c'est tout. Mais, après le déjeuner avec Helen MacNeil, je ne me voyais pas reprendre la même route que les quinze dernières années pour retrouver les mêmes connaissances dans le même hôtel au bord de la même eau.

# 5

DANS LA NUIT qui suivit le déjeuner avec Helen à la brasserie du Marché, je me suis relevé comme presque toutes les autres nuits, mais, plutôt que de relire les vers de Paul Valéry, je pris un volume de l'*Encyclopædia universalis* qui garnissait le bas de nos étagères du salon, pour l'ouvrir à la lettre H. Trouver le lac Balaton sur une carte, en savoir un peu plus sur la Hongrie – ce cadeau de mariage qui prenait la poussière depuis des années allait au moins servir à ça. Je ne savais pas par où démarrer ma lecture, et je n'eus pas la patience de commencer par la préhistoire, alors j'allai directement à l'article consacré à l'Empire austro-hongrois, qui prenait à lui seul plusieurs colonnes. Puis je sautai à la partie dédiée à la géographie, qui comprenait en effet un long développement sur le lac, et j'appris entre autres sa faible profondeur, mais aussi les vertus des sources sur la rive nord, vers Balatonfüred. J'avais toujours cru que ma mère y était née, mais je n'étais sûr de rien.

Avait-elle en effet appris à nager dans les eaux tranquilles du lac Balaton, ou dans celles, tumultueuses, du Danube ? Comment savoir ? La famille de ma mère prenait-elle les eaux dans cette ville thermale l'été, comme tant de familles bourgeoises de Budapest, ou étaient-ils installés comme vignerons sur la rive sud ? Je ne le saurai jamais, et ma soudaine envie d'aller voir par moi-même à quoi ressemblait le décor de son enfance fut anéantie par la prise de conscience qu'il fallait un visa pour la Hongrie communiste, séparée du reste du monde par ce que j'avais appris à nommer le rideau de fer, et que ce ne serait donc pas pour les vacances qui m'attendaient quelques jours plus tard. Il ne fallait sans doute pas changer mes plans. Je m'endormis en me convainquant que c'était la voie à suivre pour retrouver ma sérénité perdue. Ne rien changer. Quoi de mieux que le spectacle grandiose des Alpes se miroitant dans les eaux d'un lac autrement plus imposant ?

Le lendemain, au réveil, je dus admettre que mon inquiétude était loin d'être dissipée, sans que je comprenne d'où elle était venue et où elle allait me mener. J'ignore pourquoi j'allumai la radio, alors que d'ordinaire je préfère prendre mon petit déjeuner en silence. Je ne fus pas surpris de tomber sur France

Musique – Madeleine avait dû écouter cette station, qui avait sa préférence, avant de partir. Je dus patienter quelques longues minutes avant que mon pressentiment de profane en matière musicale se transforme en certitude : j'étais bien en train d'écouter une sonate de Schubert. La 894, comme le précisa le journaliste à l'antenne. Je n'avais encore jamais écouté de la musique de cette manière-là, sans bouger, sans savoir que faire de moi, j'osais à peine respirer. Des accords répétés, plaqués avec lenteur et une certaine gravité, me sembla-t-il, une mélodie plus claire par-dessus, des notes qui paraissaient danser dans les aigus. J'étais en retard pour la pharmacie, et presque en colère contre celui ou celle qui avait programmé ce mouvement lent si déchirant, comme suspendu, à cette heure où je me trouvais devant le poste, seul dans notre cuisine.

La journée s'étirait et mettait mes nerfs à rude épreuve. Les encouragements de Ludovic, qui devait avoir remarqué ma fatigue, ne firent rien pour adoucir le supplice de ces heures interminables.

« Je suis désolé, Ludovic, pour mon retard tout à l'heure, et si vous me trouvez distrait, je n'ai pas très bien dormi. Puis à la radio, au petit déjeuner je veux dire, il y avait du Schubert. Une sonate. Enfin, vous savez, mon épouse et Matias font du piano tous les deux, mais là, je ne sais pas, je ne suis pas du tout connaisseur comme eux, mais ça m'a un peu retourné, je ne sais pas comment vous dire. Pardonnez-moi, ça n'a aucun sens, ce que je vous raconte. Je dois être un peu surmené en ce moment. »

J'étais ridicule, même devant mon préparateur. C'était de pire en pire. Ludovic finit par dire :

« Plus que quelques jours, monsieur Bontemps, avant vos congés. Les vacances vous feront du bien. »

En rentrant, je pris mon téléphone, comme obsédé par cette phrase prononcée par le journaliste radio : « Il y a des silences qui disent beaucoup, des soupirs aussi. » Une formule de journaliste, me dis-je, que la voix du matin de France Musique avait dû utiliser souvent, mais elle n'avait pas quitté mon esprit de la journée pour autant. Si ce qui s'appliquait à Schubert valait aussi pour M. Almassy ? Sans aucun lien de cause à effet, j'avais repensé à notre entretien, à sa façon de peser chaque mot. Et à ce silence qui avait suivi ce « votre fils… ». Ne comportait-il pas plein de sous-entendus ? Une signification à chercher ? Si c'était le cas, je ne pouvais plus attendre, et ce professeur de philosophie devrait enfin s'en expliquer. Me dire de quoi il s'agissait, ne plus tourner autour du pot. Voilà, c'était simple :

ce sont des questions non résolues qui nous agitent et nous volent le sommeil. Il suffisait de trouver la réponse, et tout allait rentrer dans l'ordre.

« Ah, c'est vous ? » M. Almassy ne semblait pas ravi de m'entendre, je le dérangeais sans doute, ou alors il s'attendait à un autre interlocuteur au bout de la ligne. Mais je n'ai pas voulu me laisser distraire du but que je m'étais fixé, j'avais suffisamment ruminé toute la journée pour ne pas abandonner si près du but, alors je lui dis sans autre formule de politesse : « Quand vous avez hésité à poursuivre votre phrase, quand nous nous sommes vus pour parler de Matias, et quand vous avez fait cette longue pause, oui, un silence vraiment interminable, vous aviez certainement une idée en tête, non ? Une conclusion à laquelle vous étiez arrivé et que vous avez renoncé à formuler, c'est ça ? Pardonnez-moi, j'ai pensé à cela toute la journée et j'ai vraiment besoin de connaître la vérité. Si j'osais, je vous dirais que vous me la devez, cette vérité. Sans vouloir… comment vous dire ? »

J'entendis un toussotement.

« D'accord. Mais pas au téléphone. »

Le lendemain, après une nouvelle nuit agitée, j'eus l'idée de demander à Ludovic s'il connaissait Georges

Almassy. Il rougit jusqu'aux oreilles, visiblement embarrassé.

« Oui, un peu. Enfin, si on veut. C'est petit, Sète, vous savez, et je suis d'ici. Tout le monde connaît tout le monde, non ? Mais pourquoi me demandez-vous ça ?

– Non, pour rien. Oubliez ça. Simple curiosité. »

Nous nous dépêchions alors de nous montrer le plus affairés possible, et Ludovic ne fit plus aucune allusion à cette conversation avortée, pas plus que moi évidemment, mais je sentais néanmoins une certaine gêne entre nous pendant toute la matinée. À midi trente, j'avais rendez-vous au cimetière marin. Georges Almassy avait été ferme, la veille au téléphone, juste avant de raccrocher. « Non, pas au restaurant. On trouvera un coin à l'ombre, ne vous inquiétez pas. » Les rougeurs intempestives de mon préparateur m'avaient intrigué sans me renseigner le moins du monde, et je ne savais nullement à quoi m'attendre en garant ma voiture en haut du mont Saint-Clair. Je vis Georges Almassy de loin sur un banc bien ombragé. Il ne se leva pas à mon arrivée, se tourna à peine vers moi quand je pris place à côté de lui. La Méditerranée étincelait à nos pieds, la vue était splendide.

« C'est magnifique, non ? » lui dis-je en lieu et place de bonjour. En me penchant légèrement vers lui, je vis son visage fermé. L'avais-je contrarié par mon appel de la veille ?

« Bon, on ne va pas y aller par quatre chemins. Vos questions m'embarrassent. Je suis un de ces hommes qui doivent rester discrets sur leur vie privée. Leur vie intime. Si vous voyez ce que je veux dire. Étant donné le métier que j'exerce, surtout. Les rumeurs vont vite. C'est la raison pour laquelle je n'avais pas envie de vous revoir au bistrot.

– Je ne suis pas sûr de comprendre. »

À ma remarque, Georges Almassy émit un petit rire sec.

« Bon, il va falloir se débrouiller avec ça, d'accord ? Il suffit d'ouvrir les yeux, croyez-moi. »

Il se leva et fit mine de partir, avant de se raviser.

« Ah, avant de l'oublier : mon père croit se souvenir que nous avions en effet de la famille dans la région du lac Balaton. Des cousins éloignés qui s'appellent aussi Almassy. Il va appeler sa sœur, ma tante, pour en savoir plus. C'est elle la généalogiste de la famille. Si j'apprends quelque chose d'intéressant, je vous rappellerai. »

La luminosité était si forte maintenant – malgré l'ombre bienfaisante que dispensait le grand platane sous lequel nous étions assis – que je ressentis un vrai mal de tête tout d'un coup. Je lui dis merci, mais j'ignorais comment poursuivre la conversation, ne sachant que penser de tout ça. Le prof de philo de mon fils fit quelques pas en direction de la sortie du cimetière, puis se retourna. Je crus voir un sourire se dessiner sur ses lèvres quand il dit : « Ne le prenez pas mal, vous ne m'êtes pas antipathique. Bien au contraire. Mais, franchement, vous êtes un drôle de bonhomme. J'ai l'impression que vous prenez le mont Saint-Clair pour une île déserte. C'est pour ça que vous montez si souvent ici, pour avoir l'impression d'être tout seul ? La vie ne se résume pas à de l'eau qui scintille en contrebas, et à des morts qui ne vous dérangent plus. Sur quelle planète habitez-vous pour ne pas voir l'évidence sous vos yeux ? Vous savez, les réponses à nos questions ne viennent pas toujours délivrées par une ordonnance de médecin. »

Il sembla hésiter, mais ajouta seulement « Bonne chance », avant de se retourner et d'accélérer le pas.

# 6

J'ÉTAIS UN HOMME TRANQUILLE il y a un mois. Heureux de ma routine, de mes habitudes. Ces mois de juillet sans Matias et Madeleine en faisaient partie, avant mes congés en famille au mois d'août. Une parenthèse qui me convenait bien. Nous avions pris cette décision dès notre deuxième été à Sète : Madeleine repartirait dans sa famille à Lyon pour fuir l'arrivée des touristes sur la côte et, moi, j'attendrais l'arrivée d'un pharmacien remplaçant pour la rejoindre. Tout était organisé dans la plus grande rationalité, et je ne m'étais jamais posé la moindre question sur cet arrangement. Ni sur Matias, jusqu'à l'appel de son professeur de philosophie. Matias et moi, j'avais décidé que ce serait une histoire simple, comme tout le reste, et Matias a toujours semblé me donner raison. Bien sûr, il passait plus de temps avec sa mère, avec qui il partageait la passion pour la musique, mais, depuis ce premier week-end où Madeleine me l'avait laissé, un lien s'était noué entre nous. Je faisais parfois des devoirs avec lui – même s'il n'avait pas vraiment besoin d'aide – et il y avait surtout nos dimanches matin à la piscine. Un rituel que j'avais instauré dès qu'il eut six ans, pour lui apprendre à nager. Ces moments représentent encore aujourd'hui un plaisir comparable à nul autre : tenir ce petit garçon frêle par mes deux mains placées en dessous de son ventre, en lui demandant de s'allonger et d'imiter les mouvements de brasse que je venais de lui montrer, jusqu'à ce que je puisse le lâcher un peu, pour lui faire comprendre qu'il ne coulerait pas – cela m'a procuré une joie intense. Je le tenais *entre mes mains*, et je lui faisais connaître une chose qui était importante pour moi. Petit à petit, quand Matias sut bien nager et eut moins envie de jouer dans l'eau, ces dimanches matin à la piscine s'étaient transformés, et nous avions alors commencé à faire nos longueurs côte à côte. Progressivement. À l'arrivée, cela fait combien d'heures ensemble dans l'eau, depuis douze ans ?

Lorsque je suis parti en direction de la plage du Lazaret pour la deuxième fois en dix jours, je savais que ce n'était pas pour nager. Je voulais tenter ma chance, j'avais envie de revoir Helen MacNeil. Ou peut-être avais-je *besoin* de la voir, de lui parler. Je ne connaissais pas son adresse à Sète, mais elle m'avait dit qu'elle aimait beaucoup se rendre à cette petite plage où je n'avais pas mis les pieds une seule fois en vingt ans. Et je ne pouvais pas faire autrement que d'admettre l'urgence. Tout se défaisait autour de moi, ou dans mon esprit tout au moins. Mon sommeil s'était évaporé, ma vie semblait vaciller pendant ces heures où la nuit ne m'apportait plus de repos. Seulement des pensées confuses qui s'enchaînaient sans aucune logique et sans que je trouve un moyen d'arrêter leur cavalcade. Avec, pour résultat, une sensation d'oppression décuplée – en arrivant au Lazaret, j'avais l'impression que ma poitrine allait éclater si par malheur Helen MacNeil ne devait pas être là.

Mais elle l'était – et elle m'enleva même la seconde d'hésitation et d'embarras qui suivit mon arrivée sur la plage, en me faisant signe la première. Comme lors de nos précédentes rencontres, tout paraissait naturel avec elle. Je ne sentais aucune gêne en sa présence, malgré la bizarrerie de la situation : j'étais un homme de près de quarante-deux ans, marié, mais seul depuis trois semaines. Les Allemands appellent ça un *veuf de paille*, ces hommes abandonnés temporairement par leur épouse partie en vacances. Hollywood, après tout, avait popularisé cette situation dans *Sept ans de réflexion.* Sauf que, moi, je n'étais pas Tom Ewell et Helen MacNeil ne ressemblait pas non plus à Marilyn Monroe pour incarner le danger de cet arrangement. J'avais simplement envie de la retrouver – cette touriste écossaise et parfaite inconnue pour moi – afin de pouvoir me confier à quelqu'un, et non pour céder à ses charmes, sur une plage où je n'allais jamais. J'étais pathétique, mais Helen dit seulement : « Asseyez-vous », comme s'il n'y avait rien d'inhabituel à tout cela. Puis elle se lança dans une longue explication, trouvée, de son propre aveu, dans une brochure du syndicat d'initiative, sur la géologie des environs, et la formation de l'étang de Thau par la sédimentation d'une bande de sable, mettant fin à une longue insularité du lieu. D'abord un peu abasourdi par cette entrée en matière, je fus soulagé : Helen n'allait pas me laisser m'échouer seul sur le sable. Avait-elle deviné mon désarroi ? Ou était-elle simplement heureuse elle aussi d'avoir de la compagnie, et de partager sa découverte de la préhistoire de Sète avec moi ? Je ne m'étais jamais intéressé à l'histoire locale depuis notre arrivée dans la ville, et la curiosité de Helen me fit ressentir une nouvelle fois ce qui m'était apparu, confusément d'abord, puis avec de plus en plus de netteté, comme la source de mon malaise : j'avais traversé la vie en me contentant de ce qui me semblait *raisonnable.* Et maintenant je me retrouvais en maillot de bain face à une étrangère à qui je ne savais pas comment demander conseil. Parce que *raisonnable* n'était plus suffisant, et j'ignorais pourquoi.

« Le mont Saint-Clair n'est plus une île, bien sûr. Mais, quand on est là-haut, où, de quelque côté qu'on regarde, on ne voit que de l'eau, on peut presque y croire encore, non ? »

À cette remarque, j'eus du mal à cacher mon agacement. On aurait dit que Helen et Almassy s'étaient ligués pour me rappeler mon isolement, mon état d'esprit. Je réussis à lui dire :

« Parlez-moi de Barra. Parlez-moi de votre île. »

Je me rendis compte à l'instant même où je finis ma phrase que j'avais été brusque, à la limite de l'impolitesse, comme si j'avais des ordres à lui donner. Mais Helen sourit et me répondit : « Vous n'avez pas l'air dans votre assiette. C'est comme ça que vous dites, non ? »

J'admis que c'était bien l'expression consacrée correspondant à mon état d'esprit du moment, et je lui demandai pardon. Helen parut réfléchir un instant, puis répondit : « D'accord alors, je vais vous parler de Barra. »

Le lendemain matin, j'appelai Madeleine au téléphone pour lui demander si je pouvais partir en voyage avec Matias, juste nous deux, quelques jours. La conversation sur la plage du Lazaret m'avait à la fois remué et apaisé. Comme si je savais tout d'un coup ce que je devais faire : passer du temps avec Matias. Lui parler, vraiment, et encore plus, essayer de l'écouter. Et pour cela il nous faudrait un changement de décor, et non pas le confort douillet d'un hôtel au bord d'un lac suisse, comme tous les ans depuis trop longtemps. Madeleine me fit remarquer que c'était une drôle de proposition, mais qu'elle allait en parler à Matias. Je n'étais pas surpris de sa réaction : Madeleine chérissait sa liberté autant qu'elle respectait la mienne, et elle n'avait aucune considération pour les conventions. Alors, même si elle devait se demander d'où sortait cette lubie soudaine de vouloir partir *entre hommes*, ou encore de *marquer le coup pour ses dix-huit ans*, elle ne s'y opposa pas, et n'insista pas pour passer les vacances en famille comme prévu. Une heure plus tard, Matias me rappela à la pharmacie.

« Tu veux m'emmener où, Papa ?

– En Écosse.

– Cool. On pourra écouter des cornemuses et de la musique traditionnelle ?

– Certainement. Je vais me renseigner.

– C'est d'accord alors. »

En raccrochant, je me dis qu'il nous faudrait apprendre à avoir des conversations un peu plus fournies, mais que c'était un bon début.

Le début de quoi, cela restait à voir.

Helen ne m'avait pas exactement peint un tableau idyllique de son île. Patiemment, elle avait essayé de me faire comprendre que son attachement – ce sentiment d'être elle-même là-bas – était fait d'autant de malheurs que de joies. À commencer par la mort en couches de sa propre mère, sur la grande plage de l'île. À l'époque, les femmes donnaient la plupart du temps naissance seules ou aidées par une voisine, car il n'y avait ni médecin ni même de sage-femme sur place. Et quand ça tournait mal, il fallait prier, et espérer que les secours de Glasgow ou d'Inverness arrivent assez vite.

« Je n'ai pas vraiment de souvenir de cette journée, pour être honnête. J'avais cinq ans. Mais le simple fait de savoir que j'y étais, que j'ai assisté, impuissante, aux souffrances de ma mère qui se vidait de son sang, cela m'a encore plus attachée à cet endroit. »

Ce jour-là, rien ne se passait comme prévu pour la mère de Helen, dont c'était la troisième grossesse.

L'enfant se présentait en siège, lui déchirant les entrailles, et la marée était haute : l'avion dépêché depuis Glasgow ne pouvait pas atterrir.

« Vous voyez, sur une île comme Barra, coupée du monde, avec une plage à marée basse comme seule piste d'atterrissage, le calendrier des marées peut tuer. »

Ou les courants froids, auxquels elle attribuait la disparition de David. Deux morts qui avaient jalonné sa vie : l'une à seulement cinq ans, faisant d'elle une orpheline de mère, l'autre précisément au moment où elle avait l'impression d'avoir enfin trouvé le bonheur.

« Après vingt ans de compromis et d'arrangements. »

Elle était partie à Sète pour se retrouver, sans savoir ce qu'elle allait faire ensuite. Est-ce à ce moment de la conversation que je pris la décision de proposer à Matias de partir ensemble ? J'ai peut-être manqué de compassion en écoutant Helen, car, s'il est vrai que je buvais ses paroles sans l'interrompre, c'était surtout parce que j'avais l'impression que j'allais trouver dans son récit les réponses à toutes mes questions. Nos histoires étaient en tous points dissemblables et, pourtant, quelque chose dans ses mots me faisait croire que tout cela allait m'aider à y voir clair. Je pensais à ma propre situation, à mes faux-semblants à moi. Les explications de Helen accompagnaient mes pensées comme une bande-son. Elle avait connu la plénitude d'un grand amour pendant un an et, depuis, une douleur et un manque si atroces que certains jours elle ne parvenait tout simplement plus à se lever.

« J'aimerais vous faire connaître un chant de chez moi. Je l'ai tant et tant écouté que je pourrais presque vous le chanter, mais ce serait dommage. Il faudra que vous l'entendiez interprété par une vraie chanteuse, en Écosse : *Mo rùn geal òg*. Ça signifie quelque chose comme *Mon jeune et bel amour*. Une lamentation, ou un tombeau plutôt : une jeune veuve pleure son mari tombé sur le champ de bataille de Culloden, en 1746. Vous savez, quand la révolte jacobite voulait se débarrasser des Anglais, et que la lutte s'est terminée dans une abominable boucherie… La veuve éplorée fait entendre son chagrin, mais elle chante surtout pour vanter les qualités de son mari défunt : bel homme, de grande taille, bon chasseur, excellent pêcheur, fidèle. Et plus que tout, elle se remémore ses baisers, au goût de miel. Elle est défaite, en colère aussi contre cette guerre inutile, mais à jamais emplie de ce que son amour lui a donné. Ce chant a traversé les siècles, et il m'a permis de me sentir moins seule. Moi, ce n'est pas la vanité d'un Bonnie Prince Charlie, convaincu de pouvoir vaincre l'armée anglaise, qui m'a volé David.

C'était juste la mer – mais le résultat fut le même. Je suis seule. La musique m'aide à être un peu moins misérable, mais elle ne me rend pas David. »

# 7

Ma mère, en mourant, s'est mise à parler en hongrois. Et ma seule douleur, au moment de la voir partir, était de ne rien comprendre à cette litanie qu'elle récitait dans son agonie. Le médecin de famille que nous avions appelé en voyant qu'elle commençait à délirer nous avait simplement dit que la fin était proche, mais qu'il ne fallait pas s'inquiéter, que *le travail de la mort* allait débuter. Il est vrai qu'elle ne me donnait pas l'impression de souffrir, même si, de temps à autre, elle s'agitait, levait la voix. Un prénom revenait souvent : Joseph. Ou *József*, sans doute. Mon père, fidèle à ses principes, avait déclaré qu'il ne servait à rien dans cette situation, qu'elle ne nous entendait plus, et il s'était retranché dans son bureau. J'étais seul à ses côtés, je lui caressais la main – mais je ne ressentais rien, à part cette colère sourde de ne pas comprendre. Que signifiait ce prénom ? Pourquoi n'avais-je jamais entendu parler d'un Joseph ?

Le lendemain de l'enterrement, je pris mon courage à deux mains et en parlai à mon père. Sa réponse fut : « Chacun emporte sa part de mystère en quittant ce monde. » Je n'étais pas vraiment surpris. Je n'osais pas lui avouer que j'avais fouillé dans les affaires de ma mère depuis sa mort, pour essayer de reconstituer les morceaux du puzzle, retrouver une trace de ce mystérieux Joseph. Puis, devant l'insignifiance des papiers conservés dans le tiroir de son secrétaire et dans une boîte en carton dans son armoire – des invitations, le menu de mon mariage, des cartes postales achetées lors des voyages avec mon père –, je décidai de lâcher, d'oublier. Je me sentais incapable de faire autre chose que de rentrer à Sète et de reprendre ma vie d'avant. Les promenades sur le mont Saint-Clair y compris. Madeleine avait raison : j'étais un homme sans passions.

Je réussis à chasser tous mes doutes, mettre de côté mes questions. Les eaux du Danube ou celles du lac Balaton, quelle différence ? Je parvins à me convaincre que cela n'avait pas d'importance dans ma vie, pas plus que ce prénom, Joseph, prononcé par ma mère sur son lit de mort.

J'y croyais vraiment – jusqu'à l'appel de Georges Almassy à l'officine. Ludovic avait décroché, je l'entendis répondre tout bas : « Mais pourquoi tu m'appelles ici ? », avant de me passer le téléphone, sans réussir à cacher sa gêne, en me disant : « Un appel pour vous. » La pharmacie était vide, nous étions à quelques minutes de la fermeture, et je fis signe à mon préparateur pour lui faire comprendre qu'il était libre de rentrer chez lui. J'avais reconnu la voix du professeur de philosophie de mon fils et je n'avais pas envie qu'il écoute notre conversation. D'autant que Georges ne lui paraissait pas inconnu. Ma crainte s'avéra inutile, car Georges Almassy se montra direct, et rapide : « Mon père a eu des renseignements que j'aimerais vous raconter. Mais pas au téléphone. Vous faites toujours votre promenade au cimetière marin ? Si vous voulez bien, on se retrouve là-haut dans un quart d'heure ? »

La lumière de fin de journée était encore vive en ce mois de juillet, mais la chaleur était un peu tombée. Une légère brise apportait un peu de fraîcheur sur les hauteurs de la ville, et en arrivant à la porte du cimetière, j'avais presque oublié que je n'étais pas venu pour une de mes promenades habituelles, mais pour retrouver Georges Almassy. Qui n'avait pas exactement manifesté son désir de me revoir à notre précédente rencontre, en me reprochant de *ne rien comprendre.* Je vivais sur une autre planète, d'après lui. Et pourtant, il avait rappelé. Qu'aurait-il à me dire ?

Il arriva peu de temps après moi. Je tentai de déchiffrer l'expression sur son visage : moins fermé que la dernière fois, mais sombre. Aucun sourire. J'en tentai un en lui disant : « Alors, sommes-nous cousins finalement ?

– Pas exactement. Dites-moi, quel était le prénom de votre mère ?

– Hélène.

– Je m'en doutais. Bon, par quoi commencer ? Vous ne savez vraiment rien du tout, on dirait. »

Là encore, j'essayai d'interpréter son regard mi-compatissant, mi-agacé. Mais je ne sus quoi lui dire : je connaissais tout de même le prénom de ma mère.

« Votre mère ne s'appelait pas Hélène. En tout cas, pas en Hongrie. Sauf si ma tante se trompe lourdement, elle s'appelait Ilona. Ilona Ferenczi, ou plutôt Ferenczi Ilona, comme on dit en hongrois. À vingt-deux ans, elle est tombée amoureuse d'un jeune homme du nom de József Almassy. Un cousin issu de germain de mon père, si j'ai bien retenu ses explications. Peu importe, d'ailleurs, le degré de cousinage. En tout cas, ils se sont mariés très vite, juste après la guerre. Le pays était à genoux, mais ce n'est pas à cause de la destruction et de la misère que les difficultés pour le couple ont commencé, mais à cause de la politique : les Russes étaient en train d'installer un pouvoir communiste dans le pays, et les Almassy tout comme les Ferenczi avaient appartenu à la bourgeoisie avant la guerre. Dans ce nouveau monde en train de naître des décombres, ils étaient soupçonnés de manque d'enthousiasme à l'égard du régime, pour ne pas dire plus, et punis en conséquence. L'entrée à l'université fut ainsi refusée à József autant qu'à Ilona, enfin, à votre mère. Je ne sais pas pour votre mère, mais József rêvait de faire des études de médecine. Et, sans doute en réaction, ils ont conçu assez vite un projet d'évasion. Vous savez, des milliers de Hongrois essayaient de passer à l'Ouest à l'époque. Le lac Balaton est à moins de cent kilomètres de la frontière autrichienne… Ma tante ne connaît pas tous les détails, évidemment, mais elle est certaine que József et elle avaient échafaudé un plan. Puis József a été dénoncé… »

Georges Almassy fit une pause, comme s'il était incapable de continuer. J'en profitai pour lui demander s'il était certain de ces informations.

« Vous ne me poseriez pas la question si vous connaissiez ma tante. Un vrai dragon, et une femme brillante. Elle est arrivée en France très jeune, en même temps que mon père, mais, contrairement à lui, elle n'a jamais perdu son intérêt pour la Hongrie, ou plutôt sa rage d'en avoir été chassée. C'est par elle que je connais l'histoire de la famille, c'est par elle que sont passées les recettes des plats que je cuisine encore aujourd'hui, et c'est aussi elle qui m'a montré les rares photos de famille d'avant qui ont survécu à la fuite. Mon père avait envie d'oublier. Elle avait envie de sauvegarder ce qui pouvait l'être. Elle a réussi à garder le contact avec ceux de la famille qui étaient restés sur place, malgré les difficultés, et elle n'a jamais cessé de vouloir les aider. Sa soif de revanche a dû lui donner un surplus d'énergie et de volonté, en tout cas elle a fait une brillante carrière à l'université, spécialiste des régimes communistes. La maîtrise du hongrois et du russe lui a donné un vrai avantage sur ses collègues français, il faut le dire. C'est une femme sérieuse qui ne plaisante pas avec la vérité, les faits, comme elle dit. Donc, croyez-moi, nous pouvons lui faire confiance. »

J'étais de plus en plus troublé. Georges Almassy dut s'en rendre compte et me demanda si je voulais m'asseoir.

« Non, continuons à marcher, je préfère. »

Je me demandai quel hasard avait mis ce professeur de philosophie sur ma route. Un homme qui, sans être de ma famille, en savait dix fois plus que moi sur la vie de ma mère. Quand il m'expliqua qu'elle avait tout simplement francisé son prénom – car Ilona signifiait Hélène en hongrois –, je compris que le chemin serait long, plus long que tous les tours et détours que nous pourrions faire dans ce cimetière au-dessus de la mer, avant de retrouver la sensation de la terre ferme. Quelle souffrance avait poussé ma mère à prendre une décision aussi radicale, à préférer l'effacement de son identité, plutôt que de prendre le risque qu'on lui pose la question d'où venait ce prénom étranger ? La mer scintillait en contrebas, le soleil jetait ses derniers rayons à l'ouest, je reconnaissais les lieux, ces allées du cimetière que j'avais arpentées tant de fois, mais je n'aurais pas été capable de retrouver mon chemin si Georges Almassy n'avait pas été là.

« József est mort en prison peu de temps après son arrestation. Le certificat de décès porte la mention *arrêt cardiaque*, mais vous êtes pharmacien, vous savez que cela ne veut rien dire, qu'on ne meurt pas d'un arrêt cardiaque à vingt-trois ans sans raison. Il a sans doute été torturé, et le doute subsiste s'il s'est donné la mort en cellule, ou s'il est décédé suite aux blessures qu'un sbire de la police secrète lui a infligées. Le résultat fut le même : votre mère, à vingt-deux ans, s'est retrouvée veuve. Elle a réussi à passer à l'Ouest trois semaines après, ma tante ignore comment. Vous ne saviez vraiment rien de tout ça ? »

Je fis non de la tête. Les mots prononcés par mon père me revinrent en mémoire. *Chacun emporte sa part de mystère en quittant ce monde.* Lui-même a-t-il su, pour József ? Avait-il conscience qu'il n'avait pas été le premier, ni le *grand* amour de ma mère ? Je ne saurai jamais ce qui s'est joué entre eux, quel pacte a été signé en même temps que leur alliance, à la mairie puis à la cathédrale de Lyon. Était-ce à sa demande que mes parents jouaient au couple bourgeois sans histoires, ou est-ce ma mère qui avait préféré tirer un trait définitif sur son passé de l'autre côté du rideau de fer ? Je ne le saurai jamais : aucune recherche de la tante de Georges Almassy ne me révélera les secrets d'alcôve de mes parents. Mes pensées partaient dans tous les sens, et une question me traversa l'esprit :

« Mais qui était cet homme alors qui nous a rendu visite à Lyon quand j'étais enfant, si József était mort ? Je suis certain qu'il s'appelait Almassy. »

Georges me regarda avec une intensité qui me fit presque mal.

« J'allais y venir. Mais c'est une histoire douloureuse pour moi aussi. Vous voulez bien me laisser un peu de temps ? »

## 8

Il y eut ce retour des vacances, Matias devait avoir deux ou trois ans, où Madeleine me surprit par un changement d'humeur rare. Cet été est resté dans ma mémoire comme un rare moment de déséquilibre dans notre couple. Nous étions rentrés quelques jours plus tôt de nos vacances à Morges afin de participer – pour la première fois depuis notre installation à Sète – aux fêtes de la Saint-Louis, fin août. Je n'avais pas été très enthousiaste à l'idée de me mêler à la foule des grands jours pour assister aux joutes organisées sur le canal, et à peine installés sur les gradins, Madeleine me mit Matias sur les genoux en grommelant quelque chose comme « Il verra mieux comme ça ». Je ne sais pas qui de Matias ou de moi fut le plus étonné de se retrouver ainsi dans une proximité inhabituelle, mais j'essayais de faire bonne figure malgré tout, et de lui expliquer aussi bien que possible ce qui se passait sur l'eau, entre ces petites barques à fond plat, et pourquoi les hommes postés dessus étaient munis de lances avec lesquelles ils essayaient de se faire tomber mutuellement. Je ne compris rien aux règles de la compétition, et à part rassurer Matias en lui répétant que personne ne se faisait mal, que c'était un simple jeu, je ne sus pas quoi lui dire d'autre. Madeleine semblait ailleurs, et quand je me tournais vers elle, j'avais presque l'impression que son regard se perdait au loin, ou scrutait la foule sur les gradins en face de nous, sans vraiment observer le spectacle offert à nos yeux par ces jeunes hommes en marinière. Elle restait silencieuse et, sur le chemin du retour, il me sembla déceler un voile de tristesse dans son regard. Je n'avais pas la moindre idée comment ce spectacle innocent, une tradition locale devenue attraction pour touristes, avait pu la contrarier à ce point. Mais je restais fidèle à nos principes et à nos habitudes, et ne posais aucune question. Dans les jours qui suivirent, elle me dit à deux reprises, *mezza voce*, qu'elle avait l'impression de ne servir à rien. Puis, devant mon regard interrogateur, elle ajouta qu'il ne fallait pas s'inquiéter, que ça allait passer. Septembre arriva, les événements des Jeux olympiques de Munich firent la une des journaux, les touristes avaient déserté la ville, je vendais à nouveau plus de médicaments aux Sétois que de crème solaire aux touristes, et la perturbation fut oubliée.

Dix jours pendant lesquels j'ai senti le danger passer tout près, cela fait peu dans un mariage. Nous avons traversé ensuite quinze années comme si cela n'avait jamais eu lieu. Je n'ai jamais su ce qui était arrivé à Madeleine le jour des joutes sur le canal. Ou plus exactement : je n'ai jamais voulu savoir. Je n'ai jamais demandé non plus ce qu'elle avait fait pendant les semaines qui avaient précédé nos noces. Cette volonté de ne pas regarder de trop près certaines choses cimentait le calme que j'avais érigé en garant de notre vie de couple. En repensant à nos fiançailles – cette période probatoire imposée par nos parents qui tenaient à cette étiquette encore en vigueur dans leur milieu –, je me disais que le grand pas pour Madeleine n'avait pas été de m'épouser moi, mais d'accepter que sa liberté était à ce prix : un mariage conventionnel, au moins en apparence. Je n'ai jamais contesté les règles, même implicites, du jeu, et cela m'avait plutôt réussi. Jusqu'au premier entretien avec Georges Almassy.

Aujourd'hui je ne peux pas m'empêcher de penser que nous avons cru faire les choses différemment de nos parents, sans nous rendre compte que nous étions tombés dans les mêmes travers. Le même silence sur qui nous étions vraiment, sur ce que nous voulions. Le même effort aussi, en ce qui me concernait tout au moins, de ne rien vouloir, de ne rien désirer. Je trouvais ma liberté dans cette indifférence, et Madeleine la sienne dans cet arrangement avec la vérité. Mais Georges Almassy avait secoué cet édifice en me parlant de *mon fils*. Comme pour me faire remarquer que je n'avais que trop rarement réfléchi à la place de Matias dans ma vie.

Il était temps d'y penser.

Hélène et Léopold Bontemps étaient des figures de la bonne société lyonnaise : mes parents. Pharmacien de père en fils pour l'un, et femme au foyer modèle pour l'autre. Une épouse qui s'était fondue dans le décor, comme une plante verte qui reprend le motif du papier peint sur le mur. J'ignore combien de ses amies savaient même qu'elle était née en Hongrie, j'ignore quelle version avait cours dans leur cercle social pour expliquer son accent. Et pourtant : elle avait porté un autre prénom, parlé une autre langue, aimé un autre homme – personne ne le mentionnait jamais, en tout cas pas devant moi. J'ai découvert la véritable identité de ma mère grâce à une coïncidence étrange, parce que le professeur de philosophie de mon fils, ou plutôt son nom de famille, avait réveillé un souvenir lointain en moi. Sans doute que le malaise provoqué par la visite de cet homme appelé lui aussi Almassy avait laissé une empreinte profonde en l'enfant que j'étais à ce moment-là. Le contraste que créa ce moment avec la volonté habituelle de mes parents de nous maintenir dans l'illusion d'une normalité bienheureuse a dû me marquer suffisamment pour que la simple mention de ce nom me pousse tant d'années plus tard à poser enfin la question de l'identité de ce visiteur si peu désiré. J'étais un enfant docile, et je le suis resté trop longtemps. Maintenant, pendant ces heures où le sommeil ne vient plus, je me demande si je n'ai pas été anesthésié par la pièce de théâtre que mes parents répétaient jour après jour. Celle d'une famille ordinaire.

Après quelques instants pendant lesquels le silence entre nous me mit mal à l'aise, j'essayai de m'ajuster à cette situation inédite : marcher dans les allées du cimetière marin à côté d'un autre homme, et en silence. Georges avait visiblement besoin de retrouver son calme, ou de rassembler ses pensées. Que pouvait-il avoir appris au sujet de ma famille qu'il trouvât à ce point difficile à dire ?

« József, le premier mari de votre mère, avait un frère jumeau. »

Georges Almassy avait repris son souffle, et son récit. Nous avions déjà fait le tour du cimetière deux fois, mais il ne voulait pas s'asseoir.

« Sandor était… Je ne sais pas comment vous expliquer cela. Vous connaissez un peu l'histoire hongroise de l'après-guerre ? »

Je secouai lentement la tête.

« Bon, c'est ce que j'avais imaginé. Laissez-moi essayer de vous expliquer l'essentiel, sinon vous ne comprendrez rien à ce que je vais vous raconter après. En Hongrie, à l'avènement du régime communiste après la guerre, le chef du parti s'appelait Mátyás Rákosi. Il a très vite organisé une répression féroce de tous les opposants au régime, qui étaient nombreux. Les Hongrois n'avaient pas vraiment voulu de ce gouvernement imposé par Moscou, alors, en quelques années, plus d'un million de personnes ont été condamnées sous divers prétextes et écartées de la société d'une manière ou d'une autre. Rákosi se servait d'une police secrète appelée AVH pour ses tristes besognes et, comme toutes les organisations de ce genre, ses agents cherchaient à recruter des informateurs pour parvenir à leurs fins. Parmi ces informateurs, certains étaient des communistes convaincus, d'autres juste des pervers qui aimaient dénoncer à tort ou à raison pour le plaisir, d'autres encore de simples opportunistes, mais la plupart étaient des hommes et des femmes qui s'étaient retrouvés embrigadés dans cette activité – si on peut appeler ça ainsi – suite à un chantage. Vous savez, nous avons tous des choses à cacher et, quand un régime totalitaire veut nous piéger, en se servant des écarts que nous faisons dans notre vie privée, ça donne ça… En clair, quand un agent de l'AVH apprenait par exemple qu'un homme avait une maîtresse, il tenait son informateur : à l'époque, personne ou presque ne prenait le risque que ce genre de choses soient révélées publiquement. Alors ces hommes, ou ces femmes, commençaient à rédiger des rapports plutôt que de voir leur mariage brisé. La plupart du temps, ils espéraient s'en tirer en fournissant des observations banales à la police de sécurité, mais, parfois, celle-ci perdait patience et exigeait alors de vraies dénonciations. »

J'essayais de ne pas montrer à Almassy que tout cela me paraissait un peu long, et que j'avais envie de comprendre ce qui était arrivé à ma mère, mais je sentais qu'il se donnait beaucoup de peine pour combler mon ignorance en la matière, aussi patiemment que possible. Je me dis en mon for intérieur qu'il *n'était pas prof pour rien*, mais je vis aussi qu'il avait du mal à aller au bout de son récit. Il me semblait prendre tout cela à titre personnel, et je ne parvins pas à imaginer pour quelle raison, ni à lui poser la question avant qu'il ne poursuive :

« Alors voilà, tout cela ne s'est vraiment mis en place qu'à partir de 1949, quand la République populaire de Hongrie a été proclamée, mais ma tante est certaine que Sandor a été menacé. Elle a beaucoup travaillé sur les troubles qui ont accompagné les premiers mois après l'armistice, les règlements de comptes, les accusations de toutes sortes. Une bonne partie du pays avait pactisé avec le pouvoir nazi, alors vous pouvez imaginer la soif de revanche de certains. Sandor était une cible facile, pour un tas de raisons, et il est probable qu'il a cru s'en sortir en critiquant sa propre famille face à un officiel du parti, un de ces agents en devenir de la police secrète qui était en train de naître en Hongrie. Après, ce que Sandor a pu dire exactement pour que cela mène son frère jumeau en prison, personne ne le saura jamais, sauf si le rideau de fer tombe un jour et que des gens comme ma tante ont accès aux archives. Avec Gorbatchev à Moscou, tout ça commence à vaciller sérieusement… Bon, je m'égare. »

Il fit une pause, comme s'il était las, trop fatigué pour continuer. De mon côté, j'étais stupéfait, j'avais du mal à le suivre.

« Vous essayez de m'expliquer que l'homme qui aurait été le premier mari de ma mère a été dénoncé par son propre frère, son jumeau de surcroît ? Et qu'il est mort à cause de ça ? J'ai du mal à vous croire. Pour quelle raison aurait-il pu faire une chose pareille ? »

Almassy prit une grande respiration.

« Cette histoire vous concerne plus que moi, et je crois que vous n'avez pas encore saisi toutes les implications de ce que je viens de vous dire. Mais elle me concerne aussi un peu, même si je n'ai pas très envie de parler de moi. Nous verrons ça plus tard. »

Je commençais à en avoir assez, mais Almassy continua :

« Vous êtes né quand déjà ?

– En février 1946, à Lyon. Un peu prématurément, m'a-t-on toujours dit.

– C'est bien ce qu'il m'a semblé. Il n'y a vraiment pas de bonnes façons de vous dire ça, je le crains, mais je crois que vous devriez savoir que, d'après ma tante, votre mère, Ilona Ferenczi, veuve Almásy, a quitté la Hongrie seulement à l'automne 45 – et pas pendant la guerre, comme on vous l'a toujours dit. »

À cet instant-là, j'en ai la certitude, la vue sur la Méditerranée me parut plus sublime que jamais, et la brise du soir qui soufflait sur le mont Saint-Clair vint me caresser la joue. Je venais d'apprendre que j'étais le fils d'un homme dont personne ne m'avait jamais parlé, d'un jeune homme mort dans une cellule quelque part dans le sud-ouest de la Hongrie, d'un homme nommé József Ferenczi. L'homme qui fut le premier amour de ma mère.

# 9

LA DÉCISION DE PARTIR seul avec Matias m'a fait du bien. Et la détermination à rattraper le temps perdu ne s'arrête pas là, depuis qu'il m'a rappelé pour qualifier de *cool* l'idée de faire le voyage en Écosse avec moi. J'ai cherché dans les disques de Madeleine un enregistrement de cette *Fantaisie* à quatre mains dont il m'avait parlé avec tant d'enthousiasme. Serai-je capable de comprendre ce qui le fascine autant dans la musique de Schubert et dans ce morceau en particulier ? Cela vaut la peine de le tenter. Commencer par écouter attentivement. Se plonger dans l'*Encyclopædia universalis* ensuite, à la recherche de quelques explications au sujet du compositeur viennois que je comprendrai peut-être en essayant de me souvenir de mes leçons de solfège : *L'œuvre, en fa mineur, considérée par beaucoup de mélomanes comme un des sommets de l'œuvre schubertienne, a été composée quelques mois seulement avant sa mort prématurée en 1828. Quatre mouvements fondus en une pièce d'un seul tenant, un thème sombre et pressant qui revient tout au long des vingt minutes (durée moyenne), une densité polyphonique et un finale sous forme de fugue.* Je comprends tous les mots. Mais encore ?

Je me dis que je pourrais chercher dans l'armoire à partitions celle de la *Fantaisie D 940*. Matias l'a sans doute déjà jouée avec son professeur de piano, ou avec Madeleine, comment savoir ? Ils font parfois de la musique ensemble, mais en général je suis à la pharmacie quand cela arrive. Madeleine m'avait dit une fois que Matias pourrait tenter un grand conservatoire, mais il n'en fut plus jamais question. Je n'ai jamais envisagé qu'il pourrait être musicien professionnel. Et que ferais-je de la partition ? Bien sûr, j'ai quelques notions de solfège. Mes parents avaient décidé qu'il serait de bon ton de pratiquer un instrument, et il y avait déjà un piano dans la maison, à croire que tous les Bontemps avant moi avaient eu droit eux aussi à un professeur de piano qui venait à la maison une fois par semaine, sans jamais comprendre à quoi cela pouvait servir. Puis, comme si je m'étais acquitté d'un autre chapitre obligatoire de mon éducation, cela s'est arrêté, et aujourd'hui je suis sans doute incapable de tirer quoi que ce soit de la lecture d'une partition de Schubert. Pourtant, j'aimerais ressentir ce que Matias entend quand il écoute ce morceau, ou quand il le joue.

Lui qui s'était jeté sur le piano de Madeleine avant même d'être scolarisé, lui qui ressort d'un concert la tête dans les étoiles et lui dont je devrais me soucier plus, selon Georges Almassy. Alors je remets le 33-tours sur la platine, encore et encore, pour m'imprégner de cette musique que mon fils aime tant.

Les dictionnaires et les encyclopédies recèlent tant de faits et de dates, mais si peu de réponses à mes questions. Schubert a laissé une œuvre jouée encore aujourd'hui, qui émeut cent soixante ans plus tard, et pas seulement Matias. Pour essayer de comprendre, j'ai même ouvert cette épaisse biographie que j'ai trouvée sur les étagères de Madeleine, me disant que j'y trouverai peut-être un début d'explication. Mais son génie se traduit d'abord par des chiffres, il faut croire : plus de six cents lied, neuf symphonies, quinze quatuors à cordes, et une vingtaine de sonates pour piano, sans parler des pièces pour ce même instrument à quatre mains, qui touchent tellement mon fils. Il est mort à trente et un ans. Était-ce un pressentiment de sa propre disparition qui l'a poussé à créer avec une telle intensité, surtout la dernière année de son existence ? Quelle est cette urgence qui l'habitait, et est-ce cela que Matias perçoit quand il l'écoute ?

# 10

Georges Almassy m'a rappelé le surlendemain, toujours à la pharmacie, ce qui provoqua à nouveau un regard embarrassé de Ludovic. Après la conversation du mont Saint-Clair, j'avais d'abord dormi comme si on m'avait abruti de somnifères, puis passé une journée à ne pas savoir comment mettre un pas devant l'autre, tellement j'étais confus. J'appréciai qu'il prenne de mes nouvelles.

« Je suis désolé de vous avoir assommé avec des informations aussi perturbantes. J'espère que ça va malgré tout ?

– Oui, merci, je crois que ça va. Je me sens un peu engourdi, peut-être, mais sinon ça va. Bizarrement. Et je pars dans trois jours retrouver Matias. Mon épouse et Matias, je veux dire.

– Entendu. Écoutez, je comprendrais que vous ne vouliez plus jamais entendre parler de moi, mais, dans le cas contraire, nous pourrions peut-être nous retrouver quelque part ? Afin que je puisse être complètement honnête avec vous, en quelque sorte. »

Depuis notre premier échange, cette conversation qui avait tout fait dérailler, j'étais fasciné par la capacité du professeur de philosophie de mon fils à être à la fois très précis dans le choix des mots, et très mystérieux. Je ne savais pas à quoi il pouvait faire allusion en parlant d'honnêteté envers moi, mais sans doute oui, cela me ferait du bien de parler à quelqu'un en dehors de Ludovic et des clients.

« Mais au risque de vous déplaire, pas au cimetière marin, si vous voulez bien. C'est beau, j'en conviens, mais un endroit un peu moins lugubre serait mieux, non ? »

Je faillis lui répondre que Madeleine partageait son point de vue, mais je m'abstins et, à ma grande surprise, je lui dis sans réfléchir : « Je me demandai à l'instant, juste avant que vous n'appeliez, si je n'allais pas faire un tour à la plage. Je n'y allais jamais, avant, mais, depuis quelques semaines, j'ai compris que ça me faisait du bien, de voir la mer autrement que d'en haut. Alors, sauf si vous pensez que c'est inconvenant… »

Sa réponse n'avait plus rien de la sollicitude déployée au début de l'appel : « Vous me faites vraiment rire. Plus personne ne dit ça, *inconvenant*. Et on va y survivre, à se parler en maillot de bain. C'est une bonne idée, en fait. »

Une demi-heure plus tard, je le retrouvai donc sur la plage du Lazaret. Il me proposa de l'appeler par son prénom désormais, et d'aller nager un peu avant de parler. Il était déconcertant – mais quand ce mot me traversa l'esprit, je souris intérieurement. Peut-être que c'était un mot aussi dépassé que *inconvenant* ? Mais il était déconcertant aussi parce qu'il était beau, dans son maillot rouge indiscutablement plus à la mode que le mien. Je me sentais ridicule dans celui que je portais, mais il fallait surtout trouver le courage de lui dire :

« La journée d'hier a été la plus difficile de ma vie, je crois. Vous me trouvez pathétique, Georges, d'employer ce mot ? Et je peux donc vous appeler Georges ?

– Non, pas du tout, puis oui, bien sûr, dans cet ordre. Vous, c'est Clément, c'est ça ? Et je vous ai appelé parce que je m'en suis douté. Que votre journée puisse être très compliquée, après tout ce que j'ai pu vous raconter. N'importe qui serait sous le choc à beaucoup moins que ça. »

Son ton ne fut nullement condescendant, et cela me consola un peu. Je n'étais pas devenu l'objet de sa pitié ou de sa compassion, et si dérisoire que cela me parût, j'étais content d'être sur cette plage avec lui. Il m'avait appris que je n'étais pas le fils de mon père. Pour quelqu'un qui croyait ne pas être le père de son fils, c'était un sacré renversement de situation… Mais il ne pouvait pas imaginer que j'avais des doutes quant à ma paternité. Pas encore.

Je pensai tout à coup à ce qu'il m'avait dit au téléphone et lui dis :

« Pourquoi vous avez parlé d'être honnête avec moi ? Vous n'êtes en rien responsable de ce qui est arrivé à ma mère. Même si ce Sandor est peut-être un cousin de votre père. Cela n'a rien à voir avec vous. Vous avez été parfaitement correct avec moi, en m'expliquant le plus doucement possible la vérité sur ma mère. J'ai un peu de mal à digérer tout ça, vous pourrez l'imaginer, mais je vous remercie infiniment. Vraiment. »

Georges grimaça.

« Ce n'est pas tout à fait aussi simple. Je ne suis certes pas responsable de la trahison de Sandor, mais… comment vous dire ? Je suis comme lui. Voilà, j'aime les hommes, moi aussi. Et même si Sandor a pensé que cela ne prêtait pas à conséquence, de dire aux cadres du parti que son frère jouait avec l'idée de partir à l'étranger, comme des milliers d'autres Hongrois, il a cru que cela ferait disparaître le danger qui pesait sur lui, depuis qu'il avait été pris sur le fait, avec un autre homme, dans les vignes. Il devait se sentir menacé et ne pouvait pas prédire la fin tragique de son frère, les conséquences sur la vie de votre mère, la vôtre, cela est certain. Ce qui est important pour moi, c'est non pas qu'il ait fait des révélations sur les envies d'évasion de son frère et de votre mère sans réfléchir aux conséquences, mais qu'il l'ait fait pour faire taire les rumeurs sur sa sexualité. Pour préserver le secret que les sbires du nouveau pouvoir menaçaient d'exposer au grand jour. Il l'a fait parce qu'il était vulnérable, victime d'un chantage – car homosexuel. Comme moi. Vous voyez ? «

J'eus du mal à saisir la signification de ce que je venais d'entendre. Je bredouillai : « C'est comme avec la musique de Schubert. Je sais lire les notes, je connais le solfège, mais je ne comprends pas ce que j'entends pour autant. »

Le frère de mon *père biologique* avait trahi son jumeau pour faire oublier qu'il couchait avec d'autres hommes, et le professeur de philosophie qui m'avait révélé tout ça était non seulement un parent éloigné de cet homme, mais homosexuel comme lui ? Tout cela me semblait incompréhensible, je me sentais dépassé.

Où était ma place dans ce puzzle ? Et pourquoi Georges Almassy ressentait-il le besoin de me confier ce secret qu'il aurait parfaitement pu garder pour lui ? Avant que je puisse ajouter autre chose, il dit :

« Nous ne sommes plus en Hongrie en 1945, certes. Mais il n'empêche, en 1988 et en France, ce n'est pas simple non plus. Alors, quand bien même cet acte ignoble de mon parent hongrois n'est pas de mon fait, j'ai honte. Et il y autre chose : ça ma rappelle ma propre vulnérabilité. Puis, vous savez… »

Il ne poursuivit pas sa phrase. Il avait tort : je ne savais plus rien, je ne savais plus comment trier toutes ses informations, je savais moins que jamais comment réagir. Alors compléter les phrases laissées en suspens par Georges Almassy, c'était au-dessus de mes forces. Mais je devais certainement lui répondre quelque chose, le rassurer sur le fait que je ne le jugeais pas. Je me raccrochai à l'idée de retrouver Madeleine et Matias bientôt. Matias surtout, pour être honnête. Georges Almassy me sortit de mes pensées :

« Nous devrions vraiment piquer une tête maintenant, vous ne croyez pas ? Nous nous étions promis de goûter à l'eau avant de parler de tout ça. »

## 11

Helen s'était montrée d'une efficacité redoutable : une agence de voyages à elle toute seule. Deux jours à Édimbourg, une randonnée dans les monts Cairngorms, puis un itinéraire en voiture qui nous faisait traverser les Highlands et longer différents *lochs*, et enfin quatre jours sur l'île de Barra, après une traversée en bateau. Cela nous donnerait une petite idée, et l'envie de revenir, me dit-elle. J'étais presque tenté de lui proposer de nous accompagner, mais je me rappelai l'importance de ces dix jours en tête-à-tête avec Matias, et je renonçai. Il avait été convenu avec Madeleine que nous l'accompagnerions jusqu'à Genève – elle avait envie de se rendre à Morges, comme tous les ans, même sans nous –, avant de prendre notre avion pour l'Écosse. Tout le reste était préparé, réservé. Par une femme que je connaissais à peine. Helen avait décidé de prolonger son séjour à Sète. « Je ne suis pas prête à rentrer. Pas encore. Mais c'est une joie de passer deux-trois coups de fil, et d'organiser ce voyage pour vous. Le changement de décor vous fera du bien. C'est un peu comme si je payais ma dette envers Sète, enfin, symboliquement, je veux dire. »

Le lendemain de la baignade avec Georges, je l'ai invitée à déjeuner, en laissant un message à la pension familiale où elle était logée et dont elle m'avait donné l'adresse. J'avais conscience que le fait de me montrer une nouvelle fois avec elle au restaurant allait faire jaser les notables sétois, mais cela me laissait indifférent. Il n'y avait aucun jeu de séduction entre nous, et cela me suffisait pour avoir bonne conscience. Helen était en deuil, et moi, plus tout à fait le même homme que trois semaines plus tôt.

« Figurez-vous que je suis retourné à la plage hier. Je n'y suis jamais allé en vingt ans, et maintenant, trois fois en quelques jours. C'était avec le professeur de philosophie de mon fils. »

Je voulais raconter à Helen ce que Georges Almassy m'avait appris sur ma mère. C'était en tout cas ce que je m'étais dit en fermant la pharmacie. Mais je me surpris à démarrer notre conversation en lui parlant de Matias.

« Vous savez, je crois que ce n'est pas mon fils. Mon fils biologique, je veux dire. Il n'est pas de moi, comme on dit, j'en suis presque sûr. Ses cheveux roux, ses membres fins, ce regard translucide. Il ne ressemble pas beaucoup à Madeleine non plus, mais sûrement pas à moi. En rien. J'ai eu cette intuition avant sa naissance, je crois… Qui a eu lieu huit mois et demi après notre mariage. Ensuite, j'y pensais de temps en temps, dès ses premiers mois, mais sans en être obsédé. C'était plus pour essayer de comprendre cette étrangeté que je ressentais parfois en sa présence que pour échafauder une théorie. Puis un jour, lors du premier week-end seul avec lui, pour être exact, j'ai décidé une fois pour toutes que je m'en fichais. Il devait avoir six ans. En vérité, et je ne saurais dire pourquoi, cela ne m'a jamais beaucoup préoccupé. Et réellement, cela n'a plus eu d'importance après, jusqu'à ce que Georges Almassy m'appelle pour me parler de *mon fils*. »

Helen sourit. Tristement, il me sembla, mais elle sourit.

« Chacun ses faux-semblants. Ses compromis. Vous n'avez pas été malheureux avec Madeleine. Et encore moins avec Matias donc, non ? »

Je ne pouvais que lui donner raison. Je hochai la tête, mais je sentis les larmes me monter aux yeux. Helen continua à me convaincre que la génétique n'avais pas grand-chose à voir avec l'amour que je portais à mon fils. Mais comment savoir ce que Matias ressentait. Se doutait-il de quelque chose ?

« Il m'a appris à faire du chocolat chaud. Et je lui ai appris à nager, vous savez. »

Helen sourit encore, et je me rendis compte que ma phrase ne faisait sans doute pas sens à ses yeux. Immédiatement après, je regrettai mes paroles, car le sourire de Helen s'était figé, et une larme coulait sur sa joue : David était mort noyé. Je ne savais pas comment m'excuser, et je bredouillai quelques « pardon, pardon, je suis stupide, vraiment, je suis désolé ».

Le silence qui suivit me parut interminable. Je sus gré au serveur de débarrasser nos assiettes à ce moment précis. Avait-il observé notre attitude pour intervenir pile au bon moment ? Cet intermède donna en tout cas le temps à Helen de se ressaisir.

Je me dis que je devais essayer d'enchaîner, pour éviter que notre gêne ne se prolonge. Alors je lui dis :

« Je vous ai raconté, je crois, que Georges Almassy avait voulu m'alerter, par rapport à Matias, mais que je ne savais pas pourquoi ? Hier, j'avais l'impression de comprendre, tout à coup, mais je n'ai pas eu le courage de lui demander. C'était en sortant de l'eau, bizarrement. »

Mais Helen ne semblait pas m'écouter, et elle me dit : « Ne vous sentez pas embarrassé par rapport à ce que vous venez de dire. L'histoire d'apprendre à nager, je veux dire. David était un très bon nageur. Ça ne rend pas les choses plus faciles d'ailleurs, bien au contraire. Ça n'a aucun sens qu'il soit mort en mer comme ça, sans raison. Il avait l'habitude des eaux froides, et depuis un mois il avait apprivoisé les côtes de Barra. Cela n'aurait jamais dû arriver. »

Je ne sus quoi répondre. Ce déjeuner avait été une mauvaise idée. Il m'était impossible de raconter à Helen toute l'histoire de ma famille hongroise et, même pour lui parler de Matias, je m'y étais mal pris. J'avais réveillé son chagrin et maintenant je ne trouvais pas les mots pour la consoler. Helen n'avait pas vraiment de souvenirs de sa mère, mais ce n'était pas la même chose : elle était devenue orpheline à cinq ans, moi j'avais seulement l'impression de ne pas avoir connu ma mère, qui était morte âgée. Comme si elle avait lu dans mes pensées, Helen me dit :

« Ne vous sentez pas gêné, Clément. Il n'y a rien à dire. Mais ça me fait du bien de parler de David. D'évoquer sa mémoire. Dans ma famille, la mort de l'homme dont j'étais tombée amoureuse alors que j'étais encore mariée, c'est compliqué. Personne ne veut vraiment m'écouter, je crois. Personne n'a osé me consoler en tout cas. Je n'ai pas su, ou je n'ai pas eu le temps d'apaiser les choses, avec mon mari bien sûr, mais aussi tout le reste de la famille, mes enfants surtout. Mais, hier, j'ai reçu une lettre de ma fille. Une lettre de réconciliation – car Alexandra était très en colère contre moi, beaucoup plus que ses deux frères. Donc voilà, je suis contente de passer ce moment avec vous, et même si je pleure un peu, ne vous en faites pas, je vais mieux. »

# 12

À la veille de mon départ pour Lyon, je pris le train pour Montpellier, et trois quarts d'heure plus tard, j'avais déjà trouvé ce que je voulais. Il m'avait suffi de recopier les noms des musiciens – Murray Perahia et Radu Lupu – à partir du 33-tours trouvé dans le bureau de Madeleine pour demander le bon enregistrement au disquaire. La veille, le pharmacien remplaçant était arrivé, et avec Ludovic je lui ai expliqué tout ce qu'il devait savoir pour assurer le bon fonctionnement de la pharmacie pendant le mois d'août. Je profitais d'être à Montpellier pour m'acheter un vêtement de pluie, des chaussures de marche – et un short de bain. Les deux premiers articles étaient destinés à notre voyage en Écosse. Quant au troisième, je me dis qu'il était temps de remplacer le vieux maillot de piscine qui m'avait fait honte quelques jours plus tôt, face à Georges Almassy, si je devais retourner à la plage. Avec lui, ou Matias peut-être, qui sait. J'étais fébrile à l'idée de l'emmener en voyage, de passer dix jours en tête à tête avec lui, mais cette perspective me rendait aussi joyeux. Dans le train du retour, mes achats posés à mes pieds, je réfléchissais à la possibilité de profiter de mon passage à Lyon pour aller voir un vieil oncle, le frère aîné de mon père. Lui seul pourrait peut-être me renseigner et me fournir les quelques éléments qui me manquaient pour compléter l'histoire de ma mère. Car, pour la partie française, Georges Almassy avait été réduit aux suppositions, malgré les recherches de sa tante. Comment ma mère était-elle passée côté autrichien, puis par quels moyens était-elle parvenue en France ? La version officielle dont je me souvenais évoquait un consul de France à Budapest, ami de la famille, qui aurait organisé sa fuite à l'Ouest pendant la guerre, pour échapper à la bataille de Budapest. Je savais maintenant que c'était faux, qu'elle était arrivée seulement à l'automne 45, en provenance du lac Balaton, et pas de la capitale hongroise, mais comment ? Et par quel moyen avait-elle réussi à faire disparaître son vrai prénom de son état civil ? Ma famille lyonnaise avait des connexions, et un cousin de mon père avait été maire-adjoint de la ville après la guerre, si mes souvenirs étaient corrects. Était-ce par ce biais que mes parents ont pu réécrire l'histoire de leur couple, et modifier à jamais l'identité de ma mère ? Je ne me demandais plus si je voulais vraiment savoir ou me contenter de cette *part de mystère* qui appartient à chacun et dont avait parlé mon père.

En attendant, j'avais une valise à préparer, et un cadeau à remettre. Je dus vérifier l'adresse de Ludovic, qui figurait sur ses fiches de paie, en pensant avec un peu de gêne que je ne m'étais pas vraiment soucié de savoir où et comment il vivait, jusque-là. Encore moins *avec qui*. Comme pour tant d'autres choses. J'avais trouvé un peu de papier cadeau dans les affaires de Madeleine pour emballer le disque acheté le matin même et, juste avant de quitter la maison, je pris une bouteille de blanc dans nos réserves. Il était sept heures du soir, l'heure de l'apéritif.

Je dus sonner deux fois avant que Ludovic ne m'ouvre la porte. Quand il apparut dans l'embrasure de sa porte, je remarquai à quel point il me paraissait svelte, vêtu d'un bermuda bleu ciel et d'un tee-shirt jaune, et non pas de la blouse blanche que je lui imposais à l'officine. Il ne parvint pas à cacher sa surprise, qui confinait visiblement à l'affolement :

« Il y a un problème, monsieur Bontemps ? Vous ne deviez pas partir aujourd'hui ?

– Bonsoir, Ludovic. Non, aucun problème, et désolé de vous déranger un samedi soir. Rassurez-vous, tout va bien. »

Il ne fit pas mine de me laisser entrer, alors je pris d'abord la bouteille – que j'avais soigneusement placée dans un sac à part – et lui dis :

« J'ai voulu vous apporter une petite attention avant vos vacances. Je crois que vous avez dû me trouver à peu près insupportable ces dernières semaines à la pharmacie, et je voulais m'en excuser. J'ai été un peu… perturbé, en effet. »

Ludovic attrapa la bouteille de mes mains, de toute évidence toujours aussi interloqué, et incapable de trouver la moindre réponse à cette intrusion inattendue. Je compris que je ferais mieux de lui révéler rapidement pourquoi j'étais venu, et je sortis le 33-tours de l'autre sac.

« En fait, j'aimerais que vous remettiez ce disque à Georges. Il m'a dit d'ouvrir les yeux, vous savez… D'ailleurs, c'est drôle, je passe ma vie à me promener sur le mont Saint-Clair, et on dit que les gens d'ici vénéraient ce saint au Moyen Âge parce qu'il guérissait les maladies des yeux. Saint-Clair, je veux dire. Bref. J'ai mis du temps, mais j'ai fini par additionner un plus un. Voilà. Et ce disque, c'est un enregistrement d'un des morceaux de musique préférés de Matias. Vous savez, Georges a été son professeur au lycée. Plus que son prof sans doute, d'ailleurs, et je voulais l'en remercier. C'est une sorte de sonate à quatre mains, au piano je veux dire, que Matias aime passionnément. Par Schubert. »

J'étais pathétique, à chercher mes mots, et je m'apprêtais à lui dire au revoir sans ajouter plus d'embarras encore à la situation quand je vis Georges se diriger vers nous, depuis le fond de leur petite maison dans le quartier du Barrou. Il était lui aussi vêtu d'un bermuda, bleu foncé dans son cas, et d'un polo blanc. Il mit la main sur l'épaule de Ludovic, puis me regarda droit dans les yeux et dit :

« Entrez, Clément. Vous en avez mis, du temps. »

# Épilogue

J'ai failli rater mon train ce matin. Hier soir, nous avons partagé des tielles et des fritures de poisson, assis sur la terrasse de Ludovic et Georges. Nous avons vidé un peu plus que la seule bouteille que j'avais apportée, et même si c'était Ludovic qui semblait avoir le plus besoin d'alcool pour se détendre en ma présence, j'ai bu trois fois plus que d'ordinaire, moi aussi. Il faut dire que nous avons beaucoup parlé et, quand Georges m'a expliqué la théorie de sa tante au sujet de l'homme que j'avais vu, enfant, avec mes parents, cet homme appelé Almassy, je lui ai demandé de me resservir du vin. Car, d'après elle, il devait s'agir de Sandor, venu demander pardon à ma mère. Il avait fini par tomber en disgrâce du régime lui aussi, malgré ses tentatives de s'acheter une conduite en trahissant son frère jumeau. Mon père. Et une fois à l'Ouest, sa culpabilité a dû le pousser à entrer en contact avec ma mère.

Quand je ne sus plus quoi dire, Georges sortit un sorbet citron du congélateur et l'arrosa généreusement de vodka, malgré mes protestations. Et après cela, je crois que nous avons beaucoup ri aussi. Georges s'est moqué de mon maillot de bain tout en me complimentant sur mon crawl, puis il a cité Paul Valéry, avant de parler de la musique de Schubert en s'interrogeant sur sa gravité. Puis il me redit que j'étais un drôle de bonhomme. J'ai dû lui répondre, si je m'en souviens bien, que j'étais *un homme sans passions*, et que ce n'était pas la même chose.

Maintenant, je vais arriver à Lyon dans un peu moins de trois heures. Madeleine m'attendra sans doute sur le quai de la gare, pour me ramener chez ses parents. Je devrais essayer de dormir un peu, en espérant que cela me donnera meilleure mine. Demain, nous prendrons la voiture, Madeleine nous déposera à l'aéroport de Genève, puis nous continuerons notre voyage en avion, Matias et moi. *Expédition tartan et cornemuse*, c'est écrit sur le petit cahier qui contient toutes les informations du voyage que Helen m'a donné à l'issue de notre dernier déjeuner. Au retour, nous aurons des choses à raconter. Nous aurons bu du whisky, entendu des cornemuses accompagner des chants traditionnels écossais, et peut-être même ce chant qui célèbre un grand amour perdu. *Mon jeune et bel amour*. Mais, quoi qu'il arrive, une chose est certaine, le mont Saint-Clair n'est plus une île.

ACHEVÉ D'IMPRIMER
EN DÉCEMBRE 2023
SUR LES PRESSES
DE
L'IMPRIMERIE F. PAILLART
À ABBEVILLE
POUR LE COMPTE
DE SABINE WESPIESER ÉDITEUR

IMPRIMÉ EN FRANCE

NUMÉRO D'ÉDITEUR : 225
ISBN : 978-2-84805-508-4
DÉPOT LÉGAL : FÉVRIER 2024